Ce livre a été publié en américain sous le titre :
*How to Make Love to a Woman*
chez Clarkson N. Potter, Inc. à New York
et chez General Publishing Co. Ltd au Canada.

---

Michael Morgenstern

# COMMENT FAIRE L'AMOUR À UNE FEMME

# Sommaire

*Comment traiter une femme?*
*Il existe une façon, dit le vieux sage,*
*Une façon que connaît toute femme*
*depuis que le monde est monde.*

*Dois-je la flatter? lui demandai-je.*
*Dois-je menacer, cajoler, supplier?*
*Dois-je me faire rêveur ou héros romantique?*
*Le sage sourit et répond: Non, bien sûr.*

*Comment traiter une femme?*
*Écoute bien ce que je vais te dire, jeune homme.*
*La façon de traiter une femme, c'est de l'aimer*
*Simplement de l'aimer*
*L'aimer tout simplement*
*L'aimer*
*L'aimer.*

Lerner et Loewe,
«Comment traiter une femme»,
*Camelot*

# Remerciements

Mes premiers remerciements vont aux douzaines de personnes qui ont accepté de me parler en toute franchise au cours des entrevues qui ont servi de base à ce livre. Ces personnes sont trop nombreuses pour que je puisse les remercier individuellement, cependant je tiens à remercier certaines d'entre elles pour leur contribution particulière: Jim Allen, Beth Atkin, Orith Bender, Norma Lee Clark, Joseph Hartzler, Susan Hunter, Karen Hutson, Melody Kimmel, Susan Korb, Alice Long, Helen Manning, Roni Margolis, Bonnie Naifeh, Wendy Resnick, Christine Reynolds, Gaby Rodgers, Arthur Slaven, Nancy Starr, Maurizia Tovo et Dimitri Vassilopoulos. Le Dr Barbara Mitchell, du département d'obstétrique et de gynécologie, et le Dr Robert Wilkins, du département de radiologie, tous deux de l'hôpital Mount Sinai de New York, m'ont fourni informations médicales et conseils. En outre, je dois des remerciements spéciaux à quatre psychologues: Dr Bryan Campden-Main et May Linda Fara de Fairfax, Virginie, Dr Lewis M. K. Long d'Arlington, Virginie, et Dr Marylin Machlowitz de New York. Le personnel administratif de Ray's Escort Service de New York a également apporté une contribution appréciable à ce livre.

Je remercie aussi mon agent littéraire Connie Clausen pour son patient soutien tout au long de la rédaction de mon livre. Je remercie aussi Carol Southern, mon éditeur chez Clarkson N. Potter.

Enfin, deux amis, Steven Naifeh, de New York, et Gregory White Smith, de Los Angeles, m'ont apporté une aide extrêmement précieuse lors de la recherche et de la rédaction. Sans leur contribution, je n'aurais pas réussi à publier ce livre.

— M.M.
New York City

# I

# Mais que veulent donc les femmes?

Comme la plupart des hommes de ma génération, j'ai entendu parler de sexualité bien avant d'entendre parler d'amour. La grande majorité des femmes que je connais ont vécu l'expérience inverse: elles ont rêvé durant de nombreuses années à l'amour sans rien connaître de la sexualité. Ce cheminement différent, pour ne pas dire opposé, me paraît expliquer pourquoi tant d'hommes et de femmes ont de la difficulté à distinguer clairement ces deux grandes forces que sont l'amour et la sexualité.

Sexualité et amour, ces deux mots résument à eux seuls le sujet de ce livre: en quoi diffèrent-ils, quelles sont leurs ressemblances et, aspect primordial, pourquoi sont-ils inséparables? Si, à chaque année depuis 20 ans, quelqu'un avait eu la possibilité de questionner, un à un, les hommes du continent nord-américain au sujet de la relation entre la sexualité et l'amour, je crois que leurs réponses auraient grandement varié d'une année à l'autre. Nous avons, en fait, traversé une période de changements radicaux en matière de mœurs et de rôles sexuels depuis le jour (au cours des années 50) où j'écoutais, incrédule, un compagnon de classe mieux informé que moi qui essayait de m'expliquer dans quelle période de transformation nous venions d'entrer.

Il s'est en réalité produit tellement de changements que la plupart des hommes ne savent plus du tout quoi penser. Les magazines masculins posent continuellement la même question: «Mais que veulent donc les femmes?» Il s'agit effectivement d'une question troublante car les réponses qu'on peut lui apporter varient sans cesse. Lorsqu'on a voulu satisfaire les femmes en cherchant à répondre à leurs attentes (et même bien avant cela), elles ont demandé l'Homme avec un h majuscule. Elles voulaient qu'on les invite à dîner et qu'on paie la note, qu'on déplace leur chaise, qu'on leur ouvre la porte, qu'on célèbre leurs talents culinaires, qu'on préserve leur virginité, et qu'on les demande rapidement en mariage; à tout le moins, c'est ce que nous pensions, nous, les hommes.

Puis soudainement, vers le moment de mon entrée à l'université, les choses se sont mises à changer. Du jour au lendemain, les femmes ne voulaient plus entendre parler de galanterie masculine. Elles préconisaient plutôt l'amour libre, ne voulaient plus d'enfants, demandaient salaire égal et voulaient être admises dans les écoles de droit et de médecine pour ensuite prendre nos emplois. Comme beaucoup d'hommes de mon milieu, je considérai ces nouvelles demandes parfaitement justifiées et leur fis même bon accueil. Cet accueil ne fut toutefois pas unanime chez les hommes; par bonheur, les femmes ne demandaient pas toutes qu'un homme soit d'accord.

C'est ainsi qu'après plusieurs années de romantisme et d'idéalisation de la femme, les hommes ont tenté de s'adapter à des années de compétition et de relations égalitaires. Pour beaucoup d'entre nous, la transition n'a pas été facile. La sexualité, ce besoin persistant par excellence chez l'être humain, s'en est très bien accommodée. Sous certains angles, elle s'épanouit, même, dans ce cadre plus permissif:

échange de couples, mariages ouverts, cohabitation. D'un autre côté, cette absence de normes a réellement mis à l'épreuve notre créativité sexuelle.

Mais qu'est-il advenu de la sentimentalité? Que sont devenus les dîners à la chandelle, les sentiers des amoureux et les douzaines de roses? Malheureusement, beaucoup de femmes ont associé tout cela aux mauvais souvenirs de la période où la société des hommes les cantonnait dans un rôle de subordonnées agréables, divertissantes et parfois même décoratives, et ont tout refusé en bloc. Comme des millions d'hommes, je me suis fait littéralement semoncé par une femme que j'aimais parce qu'elle me trouvait «romantique» à l'ancienne mode. J'ai appris ma leçon, mais je n'ai quand même jamais été à l'aise dans mes tentatives pour évacuer de ma pensée tout relent de romantisme. J'éprouvais une difficulté extrême lorsqu'une femme avec qui j'étais en relation me demandait de la traiter «exactement comme je traiterais un homme». En fait, j'en perdais complètement mes moyens.

J'ai découvert que, même au lit, l'homme moderne n'était pas sans vivre ces dilemmes. Les gestes qui, croyais-je, plaisaient réellement à une femme, comme prendre l'initiative, la caresser, tenter de lui procurer le plus de plaisir possible, devenaient soudainement «sexistes» (insulte assez cocasse dans ce contexte). Absolument tout était remis en question: la position, les techniques, le moment, les rôles, l'humour et même les phantasmes. Pendant un certain temps, il a semblé que le romantisme, et l'amour avec lui, allaient déserter même le lit.

Au cours des derniers 10 ans, j'ai rencontré des douzaines d'hommes qui ont dû faire face à ce problème. Des amis m'ont téléphoné en pleine nuit après que leur partenaire eut quitté la chambre suite à une parole ou à un geste malencontreux, ou à cause d'un simple malentendu. J'ai passé des nuits entières à parler avec des groupes d'amis alors que le seul sujet de conversation consistait à rechercher ce que les femmes désiraient *vraiment*. Et j'ai vu plusieurs fois le soleil se lever sur de telles discussions sans que nous ne soyons parvenus à une réponse satisfaisante.

Le problème était, bien sûr, que je tenais ces conversations avec les mauvaises personnes. Cette constatation m'est apparue soudainement après qu'une femme de ma connaissance m'eut fait découvrir le livre d'Alexandra Penney *Comment faire l'amour à un homme*. Ce livre est basé sur des centaines d'entrevues avec des *hommes*. Notre erreur devenait évidente: nous aurions dû parler aux femmes pour apprendre comment elles voulaient que les hommes leur fassent l'amour.

Plusieurs amis écrivains et moi avons alors commencé à parler de sexualité et d'amour avec toutes les femmes qui étaient consentantes. Pour ma part, je connaissais très bien certaines d'entre elles, d'autres étaient seulement les amies de connaissances et la majorité m'était totalement étrangère. Cela n'avait pas d'importance, car toute bribe d'information était utile.

De ces centaines d'entrevues, réalisées en personne ou par téléphone, dont certaines n'ont duré que quelques minutes et d'autres un jour entier et une nuit, il nous est apparu que les femmes étaient également dans un état de confusion. Des années de changement de valeurs, depuis les danses des associations étudiantes jusqu'aux idylles de bureaux, les avaient laissées, elles aussi, un peu étourdies. De nombreuses femmes ne sont même plus certaines de ce qu'elles recherchent dans la sexualité.

Beaucoup d'entre elles se sentent «libérées» et croient que le mouvement des femmes a été bénéfique à l'ensemble des femmes. Il leur a démontré ce que signifiait être une personne autonome, égale aux autres et «complète». Cependant, elles demeurent incertaines quant au rôle que doit jouer la sexualité dans la vie d'une femme libérée et complète. Comment une femme peut-elle être égale tout en demeurant différente au lit? Que signifie être féminine? Être masculin? La différence réside-t-elle dans l'attitude, dans les rôles sexuels, ou est-ce une simple question d'anatomie? Qu'advient-il de la sexualité lorsque les femmes *et* les hommes se libèrent de leurs rôles sexuels traditionnels? Ce sont là des questions importantes, et bien des gens, autant hommes que femmes, n'y ont pas encore répondu d'une manière qui les satisfasse.

Après avoir parlé à quantité de femmes, une chose est devenue claire. La sexualité sans amour n'intéresse tout simplement pas les femmes. Elles recherchent des hommes qui s'impliquent émotivement; des hommes qui savent manifester des attentions avant, durant et après une relation sexuelle. Elles recherchent des hommes qui comprennent qu'une relation sexuelle est à la fois donner *et* recevoir, est à la fois une générosité *et* une gratification réciproque. Qu'elles aient été jeunes ou plus âgées, femmes de carrière ou ménagères, les femmes à qui j'ai parlé désiraient toutes plus que la seule sexualité. Elles voulaient faire l'amour et qu'on leur fasse l'amour.

Le romantisme vient de réapparaître. Ou plutôt, comme une de ces femmes le laissait entendre, il n'est jamais disparu mais a été dissimulé pendant quelques années. Tous les comportements qui étaient courants chez les hommes au cours des années 50, dont ils se moquaient dans les années 60 et qu'ils avaient oubliés dans les années 70, ressurgissent dans l'imaginaire féminin. Tout l'univers romantique redevient d'actualité, qu'il s'agisse de chandelles, de fleurs, de musique douce, d'échanges de cadeaux, de repas en tête à tête, de promenades en bateaux, de danse, de compliments, de séduction, de confidences ou de tendresse. Certaines femmes m'ont parlé de tous ces aspects des relations amoureuses comme de la redécouverte d'un monde perdu dont elles avaient la nostalgie.

Il y a toutefois une différence de taille. Les femmes que j'ai interviewées ne veulent pas du tout d'un retour aux années 50. Ce sont des femmes intelligentes, d'une grande indépendance et qui ont pour la plupart une carrière dont elles tirent satisfaction. Qu'elles aient acquis leur «libération» dans le cadre d'un travail ou de leur vie familiale, ces femmes ont bien assimilé les leçons du mouvement féministe.

En réalité, la majorité de ces femmes cherchent à être complètes et désirent qu'un homme respecte cette intégrité, y compris quand il fait l'amour. L'une d'entre elles m'a dit à ce sujet: «La sexualité c'est l'affaire des organes génitaux. L'amour implique soi et une autre personne. Aimer, c'est se sentir près de l'autre même si on n'a pas envie de faire l'amour. Aimer, c'est éprouver une *plus grande* satisfaction sexuelle parce que vous vous sentez près émotivement. L'amour, c'est ce que je recherche.»

Le mouvement de libération des femmes m'a donné, comme à la plupart des hommes que je connais, une leçon fondamentale. Il ne s'agit cependant pas d'une leçon sur l'égalité car, en cette seconde moitié du XX$^{e}$ siècle, il n'y a plus personne qui croit vraiment à l'«infériorité» des femmes. La grande leçon de ce mouvement porte sur le *potentiel*. On nous a fait découvrir que les femmes avaient des possibilités dont nous n'avions jamais vraiment pris conscience. Elles s'acquittent tout aussi bien des tâches de direction que de secrétariat, tiennent avec la même facilité un rôle de gérante ou de mère, d'amante ou d'hôtesse. Les femmes elles-mêmes n'ont pas changé, cependant notre *conception* des femmes et de leurs capacités s'est radicalement modifiée.

Le problème est que les femmes demeurent des femmes et qu'elles conservent des besoins de femmes. Les hommes ont commis l'erreur de penser que les femmes étaient devenues différentes de ce qu'elles étaient (ressemblant davantage aux hommes), alors qu'en réalité elles ont tout simplement un peu *raffermi* leur nature d'antan. Les hommes ont fair l'erreur de prendre l'égalité des sexes pour l'uniformité des sexes.

Un de mes amis, qui venait de connaître une succession de malchances avec les femmes, m'a avoué: «J'aime bien les femmes libérées. Je n'ai pas à me préoccuper d'elles car elles prennent soin d'elles-mêmes. Leur fréquentation présente deux avantages: d'une part la liberté de mouvement d'une relation d'affaires, de l'autre les plaisirs sexuels.» Je lui ai répondu que si c'était là son attitude, ses malchances répétées n'avaient rien de bien surprenant.

«Égale» ne signifie pas «semblable», comme me l'ont souvent dit des femmes de ma connaissance. J'ai même entendu une amie féministe dire: «Une femme peut occuper un poste de responsabilité, faire autant d'argent que son conjoint ou son amant, et demeurer féminine lorsqu'elle couche avec lui.» La leçon est claire: ce n'est pas parce que vous respectez une femme que vous ne pouvez pas faire l'amour avec elle.

Toutefois, beaucoup de femmes libérées se plaignent du fait que les hommes sont maintenant trop intimidés pour assumer leur rôle actif. Dès qu'ils ont vu des femmes occuper des postes de commande, les hommes ont abandonné leur rôle traditionnel de détenteur de l'initiative au lit. «Même un geste aussi banal que d'ouvrir une porte à une femme peut causer une catastrophe, commente un de mes amis; les femmes y voient un reste de stéréotype proscrit. Personnellement, je me suis déjà fait engueuler pour avoir tendu une chaise à une femme. Je suis maintenant averti de ce genre de choses.»

Assez ironiquement, ces changements dans les rôles sexuels bouleversent autant les femmes que les hommes.

«Les seuls hommes qui me regardent sur la rue sont des étrangers, m'a confié une amie. Les hommes d'ici regardent droit devant eux, comme s'ils craignaient de m'offenser. Et ce n'est pas seulement une impression personnelle, car j'en ai parlé à plusieurs hommes qui m'ont dit avoir peur de se faire traiter de mâles chauvinistes. Je crois que beaucoup de femmes libérées sont malheureuses sexuellement. Elles n'aiment pas ce qu'elles ont fait aux hommes. Je veux dire qu'à cause de nous, sur le plan sexuel, les hommes ont maintenant peur de leur ombre.»

La reconnaissance du véritable potentiel des femmes n'a rien à voir avec l'abandon des anciens rôles sexuels. Et ce n'est pas non plus un souhait de la part d'un homme qui recherche le maintien des rôles traditionnels. Vers 1940, un anthropologue du nom de Frank Beach se rendit en Afrique pour étudier des tribus primitives chez lesquelles les rôles des hommes et des femmes étaient inversés. Les femmes allaient aux champs, s'occupaient des labours afin de nourrir tout le monde et assuraient la protection du village. Les hommes demeuraient à la maison, s'occupaient des tâches domestiques et de l'éducation des enfants.

Le Dr Beach désirait savoir ce qui se passait lorsque ces gens faisaient l'amour. Ce qu'il découvrit lui causa une surprise, car, indépendamment de leurs responsabilités durant le jour, la nuit venue, dans la plupart des cas, les femmes assumaient un rôle «féminin» et les hommes un rôle «masculin». Ce qui signifie qu'en amour, les hommes avaient généralement le rôle actif et que c'étaient eux qui prenaient l'initiative dans les relations sexuelles.

Le temps est propice à une réévaluation de l'acte sexuel et du rôle qu'y jouent hommes et femmes. Le temps est favorable pour réaffirmer qu'il est parfaitement justifié qu'un homme fasse l'amour à une femme. Si vous demandez à 100 femmes ce qu'elles attendent de la sexualité dans les années

80, 99 d'entre elles vous diront qu'elles souhaitent un retour au romantisme, un retour aux fréquentations et à la galanterie, un retour aux rôles traditionnels, de même qu'à la chaleur et à l'intimité qui accompagnent ces manières de vivre.

«Tout ce que je sais au sujet de l'avenir», s'exclame une jeune étudiante de l'université qui atteint sa maturité de femme au début des années 80, «c'est que je veux aimer et être aimée. Je veux qu'un homme se montre homme envers moi, et je veux me montrer femme envers lui. Et croyez-moi, j'ai l'intention de prendre plaisir à cela.»

Ce livre porte sur le retour au romantisme. Il porte sur l'amour.

# II

# Plus de machos, ni de femmes fatales!

J'ai récemment passé la soirée avec Suzanne, une femme que j'ai connue à l'université. Nous nous voyons de temps à autre lorsqu'elle quitte Washington, où elle habite, pour un voyage d'affaires à New York. Tout comme moi, elle est toujours célibataire.

Nous étions à table dans un petit restaurant indien lorsqu'elle me demanda ce que je faisais en ce moment. Je lui dis que j'avais commencé à écrire un livre sur la façon de faire l'amour à une femme. Elle eut un grand sourire et me dit: «Parle-moi de ton projet.» Je m'exécutai et elle m'écouta, me sembla-t-il, avec intérêt, sans toutefois se départir de son sourire et en laissant fuser quelques éclats de rire charmants.

«Où en es-tu présentement? me demanda-t-elle.

— À la libération de la femme et à son effet sur l'activité sexuelle. La plupart des hommes — et même des femmes — que je connais et qui croient dans ce mouvement, ne savent pas comment agir les uns envers les autres. Ils ont tous peur de poser des gestes sexistes.

— Je pense que tu considères les faits d'un strict point de vue masculin, répliqua Suzanne sans une once de condescendance. Le problème ne réside pas tellement dans la libération des femmes que dans celle des *hommes*. La grande majorité des femmes que je connais se sentent à l'aise dans leur situation de femmes et d'égales. Ce sont les hommes qui ont des problèmes à s'ajuster. Le dernier livre de Betty Friedan s'intitule justement *The Second Stage*.

Suzanne en tira un exemplaire de son immense sac en toile, et ajouta:

— Le sujet n'en est pas la libération des femmes, mais plutôt celle des hommes. Écoute bien ceci. Elle décrit les hommes comme étant «maladroits, isolés et confus». Ce qui est certainement vrai au point de départ. Et Betty Friedan poursuit: «Après toute l'attention que le mouvement féministe a reçu ces 15 dernières années, on a observé que plus d'un des fondements de l'identification masculine a été ébranlé. Si l'homme se définissait, par exemple, comme un être *dominateur, supérieur, différent de la femme,* cette définition est devenue une illusion difficile à entretenir lorsque les travaux importants pour la société n'exigent plus de force musculaire... Le problème, c'est qu'une fois qu'ils se sont détachés des vieux modèles de masculinité et de succès — John Wayne, Charles Lindberg, John Kennedy —, lorsqu'il s'agit de leurs rôles, les hommes d'aujourd'hui manquent tout autant de modèles que les femmes.»

Suzanne leva les yeux de son livre, et je me demandai si c'était sexiste que d'être fasciné par de grands yeux bleus.

— Friedan prétend que, dans leur crainte et leur confusion, les hommes ont renoncé à leur masculinité. Elle écrit: «Inondées d'informations sur la sexualité venant des médias, les femmes s'aperçoivent et disent même que leurs hommes ne sont pas de bons amants. Les hommes, qui d'habitude étaient les points de référence, sont pris de frissons et du goût de fuir lorsqu'on commence à les évaluer.» Elle est pessimiste, n'est-ce pas?

Que pouvais-je faire d'autre que de hocher la tête?

Suzanne reprit sa lecture: «Présentement autant les hommes que les femmes recherchent une véritable intimité, le partage, les *sentiments*... Cela peut sembler étrange, mais cette nouvelle lutte pour la *plénitude*, pour une ouverture aux sentiments, représente une nouvelle frontière à explorer, un nouveau défi pour les hommes. Le défi réside dans l'effort nécessaire pour arriver à vivre et à partager sa vie avec une femme, sur une base égalitaire... pour vivre cette libération des êtres humains qui a débuté avec le mouvement féministe.»

— N'es-tu pas heureux que nous vivions à notre époque? me demanda Suzanne en lissant ses cheveux. Puis elle se mit à rire:

— Il est temps de manger avant que ce poulet au curry ne refroidisse complètement.

Une fois notre repas terminé, elle me dit avec autorité:

— C'est moi qui paie la facture, souviens-toi que tu es mon invité.

Cependant, au moment de nous lever de table, elle me regarda avec un sourire légèrement moqueur et dit:

— Aide-moi à mettre mon manteau, veux-tu.

Cette conversation avec Suzanne et celles que j'ai eues depuis avec plusieurs femmes m'ont confirmé que le retour aux rôles sexuels auquel nous assisterons dans les années 80 n'aura rien d'un retour aux stéréotypes ou à une sexualité stéréotypée. La période constituée par les 20 dernières années en a été une de prise de conscience. Nous savons maintenant qu'une femme peut montrer de la fermeté tout en demeurant féminine, tout comme un homme peut se montrer gentil sans perdre sa masculinité. Nous savons que depuis toujours les femmes aiment à prendre, de temps en temps, l'initiative dans les jeux sexuels. Nous savons que les hommes apprécient parfois de pouvoir céder leur place de meneur. Faire l'amour devient une responsabilité *partagée*.

La popularité du livre *Comment faire l'amour à un homme* a été révélatrice, tout comme l'enquête de la revue *Redbook* de 1975 dont l'ampleur n'a encore jamais été égalée. Un questionnaire comportant 60 questions fut publié par la revue qui reçut près de 100 000 réponses. (Le célèbre rapport Kinsey n'était basé que sur 8 000 questionnaires.)

L'enquête de *Redbook* a révélé que 6 femmes sur 10 affirmaient prendre l'initiative des rapports sexuels au moins la moitié du temps; 9 sur 10 disaient avoir un rôle actif au cours de l'acte sexuel au moins la moitié du temps (4 sur 9 disant qu'elles étaient toujours actives). Et, révélation encore plus frappante: moins de 1% des femmes avouaient une passivité sexuelle complète. Les femmes veulent partager la responsabilité de l'activité sexuelle.

Malheureusement, en dépit des nombreuses enquêtes et études, deux stéréotypes sexuels que les femmes voudraient voir disparaître continuent d'être véhiculés par les hommes, bien que la plupart refusent de l'admettre. Le premier consiste à croire que les femmes veulent qu'un homme les place sur un piédestal (syndrome de l'adoration), et le second, que les femmes aiment qu'on les prenne de force ou qu'on les brutalise (syndrome de la possession).

Beaucoup d'hommes croient que ces stéréotypes sont le produit de phantasmes féminins alors qu'en réalité ce sont là des phantasmes masculins. Cependant, même s'il s'agissait de désirs de femmes, il n'y aurait aucun lien entre ceux-ci et la manière de faire l'amour à une femme. Une femme n'est pas un objet que l'on peut adorer ni un bien que l'on peut s'approprier par la force brutale. La femme est un être humain. Elle a une sensibilité humaine, ce qui inclut un sentiment d'intimité que peut violer toute intrusion non souhaitée. Elle a aussi des besoins humains, parmi lesquels se trouve un appétit sexuel normal qui demande à être satisfait.

## Le syndrome de l'adoration

L'origine du syndrome de l'adoration remonte à l'amour chevaleresque du moyen âge. Les femmes demeuraient enfermées dans des forteresses à tourelles, se consacrant à des travaux d'aiguille, tandis que leurs chevaliers revêtus de scintillantes armures combattaient pour obtenir leurs faveurs. Les demoiselles de cette époque devaient demeurer chastes jusqu'au moment choisi par l'homme. Au premier signe d'atteinte à leur pureté par quelque séducteur errant, les valeureux chevaliers étaient pris d'une fureur panique.

Il n'y a rien de surprenant à ce que le syndrome de l'adoration se soit développé à un moment où les rôles sexuels étaient différenciés à ce point; toutefois, le fait que cette attitude persiste en dépit de la disparition de ces rôles a quelque chose de déconcertant.

«Je me suis toujours demandé si les femmes étaient véritablement intéressées par le sexe, m'a raconté un joueur de football professionnel de Dallas. Ma première épouse était la femme la plus douce et la plus féminine que j'aie rencontrée. J'avais toujours pensé qu'elle tolérait à peine nos activités sexuelles, jusqu'au jour où, par hasard, j'entendis une conversation qu'elle tenait avec ses anciennes compagnes d'université. Vous auriez dû les entendre, c'était du joli! L'une d'elles disait: «J'aime énormément recevoir le sperme d'un homme dans ma bouche!» Les autres s'exclamaient: «Moi, je *déteste* ça!» Elles avaient une verdeur de langage incroyable et donnaient des descriptions détaillées. Jamais je n'avais entendu l'équivalent dans nos vestiaires!»

Une autre femme m'a raconté ce qui était arrivé à une de ses amies qui s'était adonnée à une caresse orale sur le sexe de son mari, quelques semaines après leur mariage. Il s'était retiré vivement et, scandalisé, lui avait demandé où elle avait pu apprendre à faire ça.

Lors d'un récent sondage auprès d'un groupe d'étudiants américains du secondaire, entre 60% et 70% des garçons répondirent qu'ils préféraient épouser une fille vierge. Ceci est riche d'enseignements. La plupart des hommes recherchent une femme qui a peu ou pas d'expérience sexuelle. Quelqu'un qui va *leur* laisser le rôle de professeur. Et pourquoi veulent-ils être les professeurs? Parce que ce sont eux qui dictent la réglementation et établissent les limites.

Le chat est finalement sorti du sac: les femmes désirent avoir une activité sexuelle. Non seulement elles savent ce dont il s'agit, mais elles savent l'apprécier. L'activité sexuelle ne les abaisse pas, ne les souille pas, ne les «endommage» pas. Les femmes ne sont pas des créatures délicates commandant des soins particuliers, comme certaines plantes tropicales rares. Et, point d'une égale importance, elles n'ont pas non plus besoin d'un professeur qui leur fasse voir les étapes ou établisse des limites.

Le principal problème du syndrome de l'adoration est que, lorsqu'on a placé une femme sur un piédestal, celui-ci commence à vaciller dès que la femme cède aux attentions dont elle est l'objet et accepte de faire l'amour. J'ai connu un jeune homme du nom de Georges qui devenait régulièrement amoureux et qui faisait littéralement carrière à pourchasser les femmes. Georges traitait les femmes comme des déesses. Il me rendait visite à mon appartement et pouvait passer des heures à me décrire la perfection de sa dernière Aphrodite. Il lui faisait livrer des fleurs presque quotidiennement (Georges était riche), il l'invitait dans les grands restaurants, au théâtre, dans les discothèques, etc. Après deux semaines, il parlait généralement de mariage.

Cependant, après trois ou quatre semaines, chaque aventure prenait fin. Pour quelle raison? Parce qu'au cours de la troisième ou quatrième semaine, Georges réussissait généralement à amener la demoiselle dans son lit. Et dès que Georges avait couché avec une femme, elle perdait toute valeur pour lui. Ce qui prouve que la femme en elle-même ne l'intéressait pas. Dès le jour où elle avait cédé, il commençait à se demander comment il avait pu faire pour lui trouver du charme. Ensuite, avant même d'avoir rompu avec elle, il recommençait sa recherche de la déesse Aphrodite.

Les femmes ne sont pas les seules victimes du syndrome de l'adoration. Pour plusieurs hommes, l'acte sexuel lui-même devient dévalorisé par l'idée que les femmes sont pures et que la sexualité les «souille». Lorsqu'un homme cesse de respecter la femme avec qui il a couché, c'est que l'expérience qu'il a de la sexualité est loin d'être positive et chaleureuse, à la fois pour lui-même et pour cette femme.

Il existe un moment dans la vie de chaque femme où elle ressent le besoin d'être véritablement courtisée, placée sur un piédestal, me dira-t-on. Mais on peut affirmer la même chose pour la plupart des hommes. «Qui n'a pas désiré, à un moment ou à un autre, qu'une autre personne pense, ou lui dise, qu'il n'y a personne au monde à son égal», m'a déjà dit une femme. Elle ajouta: «Je n'ai rien contre l'idée qu'un homme m'ait en adoration et qu'il me place sur un piédestal, pourvu qu'il ne me demande pas d'y rester.»

## Le syndrome de la possession

Tout comme le syndrome de l'adoration, celui de la possession remonte probablement au moyen âge. Dans ce temps-là, on violait plus par cupidité que par appétit sexuel. Un homme violait la femme d'un autre homme pour la même raison qu'il lui volait son argent: pour établir sa propriété. Violer équivalait à dérober la propriété d'un autre homme.

«Cette notion de propriété affecte encore le comportement de certaines femmes», affirme une historienne qui enseigne dans une petite université de Nouvelle-Angleterre. «Lorsqu'une femme veut demeurer vierge, c'est qu'elle accepte à la fois la notion religieuse d'immoralité de l'acte sexuel avant le mariage et la notion culturelle de propriété vis-à-vis de son futur époux. D'une certaine façon, être prise un tant soit peu contre sa volonté lui permet de sortir de son dilemme. Elle expérimente l'acte sexuel, mais elle n'a rien fait qui lui en donne la responsabilité. Elle évite de briser les tabous.»

Beaucoup de femmes admettront à contrecœur que le syndrome de la possession occupe une certaine place dans les phantasme féminins. «Toutéfois, commente une femme médecin de Boston, les hommes ont nettement *exagéré* cette réalité. Ils en ont fait un prétexte pour assouvir leurs propres phantasmes de violence et de domination.»

Pour la plupart des femmes, le prétendu désir d'être violentée prend deux formes, dont aucune n'a de véritable ressemblance avec le crime qu'on appelle viol. Pour certaines femmes, c'est le souhait de pouvoir se trouver passive, c'est l'expression du désir occasionnel d'être dominée, manipulée et contrôlée.

Pour d'autres femmes, les phantasmes de possession ne sont qu'un jeu de rôle: «Parfois, mon mari et moi décidons qu'il va me prendre. Il me jette sur le lit, m'arrache mes vêtements, me force à faire des choses. Il m'arrive même de simuler une résistance, de me battre avec lui et de me montrer épouvantée. Cependant, rien de tout ça ne permet de dire que je voudrais être violée. Pour rien au monde, d'ailleurs, je ne voudrais être violée. Il n'y a rien de freudien dans tout ceci, rien de névrosé. Il s'agit tout simplement d'un phantasme, d'un rêve volontaire, d'un jeu. Ce jeu de rôle n'a pas d'autre but que d'ajouter une dimension de plus à nos ébats sexuels.»

Si une partenaire vous suggère à l'occasion de simuler un phantasme impliquant le viol, rappelez-vous tout simplement qu'il existe une marge importante entre l'imagination et la réalité.

Bien sûr, il arrive également aux hommes de ressentir à l'occasion le désir que l'on s'occupe d'eux d'une manière physiquement agressive. «Ce serait ridicule de parler de viol, commente un de mes amis, mais il m'arrive d'aimer me faire malmener par une femme. La meilleure façon de le faire est de prétendre que vous êtes complètement fatigué, trop fatiguer pour bouger. Ma partenaire et moi savons que c'est du théâtre, mais cela me donne la chance de demeurer totalement passif.»

Une jeune femme m'a déclaré: «De nos jours, dans la plupart des relations, la personne qui prend l'initiative est celle qui a la libido la plus forte. Je connais des femmes qui ont un énorme appétit sexuel mais qui craignent de prendre l'initiative parce qu'elles ont peur que leur homme en soit offensé. Je comprends cela, car beaucoup d'hommes perdent intérêt lorsque vous êtes stimulée et qu'ils ne le sont pas. Cependant, une fois *au lit,* lorsque vous êtes tous les deux stimulés, je pense que les hommes savent apprécier une certaine agressivité.»

«Il n'existe pas de solution mitoyenne, conclut une femme de Los Angeles. Certaines femmes sont littéralement déchaînées, d'autres restent figées comme des mannequins. Je fais les deux. Une nuit d'une façon, une nuit de l'autre. Tout dépend de la femme, de l'homme, de l'inspiration.»

Une seule chose n'est pas facultative. Il n'existe pas d'obstacle plus grand à de bons rapports sexuels que les stéréotypes. Particulièrement ceux qui sont relatifs aux besoins sexuels de la femme. Lorsqu'un homme s'inspire des stéréotypes pour faire l'amour, il nie à la femme tout besoin qui lui serait personnel. C'est comme s'il lui disait: «Tu n'es pas une personne, tu es un genre, un type. Je suis davantage préoccupé de faire l'amour à une femme que de te faire l'amour à toi.» Dans les années 80, faire l'amour par stéréotypes, c'est ne pas faire l'amour du tout.

Une femme a résumé toute la question dans une remarque. Alors que je lui parlais de mon livre, elle s'est exclamée: «Je pense que votre titre sonne faux. Il devrait plutôt se lire: *Comment faire l'amour **avec** une femme*.»

# III

# Ce qu'une femme trouve sexy chez un homme

Si vous demandez à des hommes choisis au hasard ce que les femmes trouvent sexy chez les hommes, vous aurez des réponses dans le genre: «Elles cherchent toutes des Paul Newman», ou bien «une carrure virile», ou encore «quelqu'un de bien équipé aux bons endroits, et qui sait s'en servir». Je sais cela parce que j'ai posé la question et que ces quelques réponses sont typiques des réactions que j'ai recueillies.

Un autre mythe masculin également fort répandu consiste à croire qu'un homme qui peut avoir la performance d'un étalon excite les femmes au plus haut point. Cependant, comme la plupart des mythes, celui-ci manque également de fondements. La grande majorité des femmes ne trouvent rien de particulièrement attrayant chez un étalon. L'idée de performance ne figure même pas sur leur liste de priorités.

Ce que les femmes trouvent sexy chez un homme est une tout autre histoire. J'ai posé la question à beaucoup de femmes rencontrées au hasard et elles m'ont presque toujours fait la même réponse: «L'aspect le plus attirant chez un homme est la confiance en soi. Pas la beauté physique ni les muscles, ni un «gros organe», mais la confiance en soi.»

Bien qu'un certain nombre de femmes affirment que la beauté physique les attire, elles demeurent tout de même en minorité. On répond plutôt, généralement: «Je n'aime pas les hommes vraiment beaux. Ils sont tellement imbus d'eux-mêmes qu'ils se montrent incapables d'accorder de l'attention aux autres.» Ou bien: «Personne ne recherche un Robert Redford. Ce qu'il faut, c'est une certaine qualité de l'être.» Ou encore: «Je ne me préoccupe pas du tout de l'apparence physique. Ce qui m'importe, c'est l'énergie. Un homme sans énergie ne présente aucun intérêt pour moi.»

Une femme d'affaires d'âge mûr classe au premier rang: «Un bel ego, bien en santé.» Elle ajoute: «Bien sûr, toute femme est attirée par les beaux hommes. Cependant, elle sait également qu'il n'existe aucun lien entre l'apparence d'un homme et sa manière d'aimer. À un moment ou à un autre, nous sommes toutes devenues folles d'un très bel homme, pour découvrir ensuite qu'il était gai, ou encore nous avons accepté de fréquenter un homme plutôt chétif, ayant l'apparence de quelqu'un qui aurait passé sa vie dans une bibliothèque, pour découvrir qu'au lit c'était de la véritable dynamite.»

Pourquoi existe-t-il un tel fossé entre ce que les femmes recherchent et ce que les hommes croient qu'elles recherchent? D'où vient ce manque de communication? Les experts de la communication (ou absence de communication) entre hommes et femmes en déduisent qu'il s'agit en quelque sorte d'une prophétie qui s'accomplit d'elle-même.

Les hommes qui *croient* que les femmes recherchent un beau physique ou un pénis démesuré, mais qui ne possèdent ni l'un ni l'autre, manquent nécessairement de confiance en eux. Ce qui déplaît aux femmes, ce ne sont pas les attraits physiques (ou leur absence), mais le manque de confiance en soi. Les hommes à leur tour détectent ce rejet et s'imaginent que leur manque de charme en est la cause. «Cela devient un cercle vicieux dans lequel tout le monde est perdant», conclut un thérapeute de Los Angeles.

Le plus gros atout de l'homme quand il s'agit de faire l'amour réside dans son attitude envers lui-même. Si un homme s'estime au départ, s'il se sent bien dans son corps, à l'aise avec les autres et relaxé en présence d'une femme, il est «sexy» aux yeux de 99% des femmes. Et c'est vrai, quels que soient son apparence, ses muscles ou son pénis. Une femme s'est exclamée: «Être sexy? Rien de plus facile. Si un homme pense qu'il est sexy, il est sexy!»

Tout homme a déjà entendu le vieux dicton qui veut que le pouvoir soit le meilleur aphrodisiaque pour une femme. Ne rêvons-nous pas tous de devenir riche et puissant, ou riche et célèbre et d'obtenir les faveurs de toutes les femmes que nous pourrions désirer? Les chroniques à potins des journaux de Washington sont remplies d'anecdotes au sujet des manières cavalières des sénateurs et des membres du Congrès qui passent d'une aventure extra-maritale à une autre, et toujours avec des femmes qui ont la moitié de leur âge et le double de leur quotient intellectuel.

La jolie assistante d'un politicien du Middle West, avec qui je discutais des mœurs sexuelles de Capitol Hill, me confia que, comme beaucoup de femmes dans sa position, elle connaissait son patron «intimement».

— Qu'est-ce qui vous attire chez lui? lui demandai-je. De toute évidence, il n'a rien d'une idole.

Après un moment de réflexion, elle me dit:

— Il est tellement sûr de lui. Les hommes que j'avais l'habitude de fréquenter étaient tellement préoccupés par leur image. Il me fallait consacrer mes jours et mes nuits à rassurer leur ego. La sexualité prenait l'allure d'une thérapie.

*Ces* hommes sont différents. Leur ego se porte à merveille. Ils ne s'inquiètent pas de leur personne. Ils s'occupent de moi et de mon ego. Ce n'est pas à dédaigner.

Une femme d'âge mûr de Dallas m'a dit qu'elle en avait assez des hommes manquant d'assurance. «Je me sens comme si je devais me promener sans arrêt avec un panier en tentant d'attraper les balles qu'ils lancent en l'air. Il vous faut protéger leur virilité. Vous devez les faire se sentir plus forts, plus gros et plus intelligents qu'ils ne le sont en réalité. J'ai passé ma vie à tenter d'être moins que les hommes avec lesquels j'avais une relation. C'est pourquoi j'apprécie les rares hommes qui se montrent à l'aise dans leur virilité. Ce qui n'inclut *aucunement* les machos. Ces derniers se promènent en bombant le torse et en vous disant sans cesse à quel point ils sont virils. Cependant, si vous regardez de près, ils manquent totalement d'assurance concernant leur virilité.»

Un autre point qui fait l'unanimité des femmes, c'est leur dédain pour la confiance *exagérée*. Le culte du «bourreau des cœurs» comme une femme l'a appelé, reste probablement le plus gratuit de tous les mythes masculins. Ce mythe est le produit d'un bris total de communication entre hommes et femmes. Il s'agit d'un concentré de tout ce que les hommes *croient* que les femmes recherchent, alors qu'en réalité ces points sont pour elles détestables.

«Il n'y a rien de plus exécrable qu'un soi-disant don Juan», m'a dit une femme qui travaille au chic magasin Tiffany à New York. «Si cet homme agit comme un séducteur, vous finissez par vous demander à combien d'autres femmes il a fait les mêmes compliments au cours de la journée. Je ne suis pas personnellement intéressée à devenir le dernier maillon d'une longue chaîne. Je ne veux pas de quelqu'un qui cherche à faire l'amour pour le principe de le faire, pour avoir l'occasion de faire étalage de son savoir-faire. Je veux quelqu'un qui voudra me faire l'amour à *moi*.»

Quels sont les atouts pour séduire? Certains sont d'ordre physique, d'autres sont d'ordre psychologique. D'une manière ou d'une autre, ce sont des points parfaitement accessibles aux hommes. Ce sont des choses sur lesquelles chacun peut agir.

## Un corps sexy

### Les yeux

Si vous demandez à un auditoire composé d'hommes quelle partie du corps d'une femme les excite le plus, vous aurez peut-être 100 réponses différentes, mais les 2 qui reviendront le plus souvent sont: les seins et les jambes. Les femmes semblent elles aussi se répartir entre 2 groupes: celles qui sont attirées par les yeux, celles qui le sont par les fesses. Dans une enquête récente du magazine *Esquire,* les yeux venaient au premier rang et les fesses au second. (Dans la plupart des sondages, les mains viennent au troisième rang comme partie la plus sexy du corps masculin.)

«Oh! c'est facile, me répondit sans sourciller une brunette à qui je posais cette question. La première chose que je regarde, ce sont les yeux. Un seul regard dans les yeux d'un homme et je sais s'il m'intéresse.»

Je lui demandai alors ce qui l'intéressait le plus au sujet des yeux.

— Quelle sorte d'yeux préférez-vous?

— Peut-être les yeux bruns, ou les bleus. Ce qui importe, c'est la manière dont ils me parlent.

Les femmes qui aiment les yeux croient toutes que les yeux parlent un langage bien à eux. Elles croient qu'elles peuvent tout savoir du caractère d'un homme par ses yeux. Elles peuvent dire s'il est doux ou fort, sensuel ou affectueux, cynique ou attentif.

«Tout réside dans le contact des yeux, m'a expliqué une femme médecin de Pittsburgh. Si ses yeux se promènent et vous évitent nerveusement, c'est un signe évident qu'il manque de confiance en lui. Un homme incapable de soutenir le regard d'une femme n'a aucune chance avec elle, avec moi tout au moins.»

Un comédien et écrivain de New York, que je connais, possède une certaine façon de concentrer son attention sur la femme avec qui il se trouve, même si c'est dans une pièce surpeuplée. Au cours de la conversation, il pose son coude sur la table et place sa main à la hauteur de son sourcil comme pour protéger ses yeux de la lumière du soleil. En réalité, il concentre toute son attention sur elle, se protégeant contre toute distraction. Il crée un cercle d'exclusivité et se trouve à dire à cette femme: «Dans cette salle, au moment présent, tu es la seule personne qui m'intéresse.»

Il faut donc se souvenir que nos yeux restent la partie de notre corps qui peut le mieux acheminer ce message, que ce soit au milieu d'une foule ou dans l'intimité du lit.

## Le physique

Il n'y a pas très longtemps, le journal new-yorkais *Village Voice* faisait lui aussi un sondage et demandait à un important échantillon de femmes de répondre à la même question: «Quelle partie du corps d'un homme excite le plus les femmes?» Contrairement au sondage de *Esquire,* les fesses se classèrent au premier rang avec une énorme avance. Loin derrière, un «ventre plat» venait en second rang. Si on y réfléchit, ce sont là de bonnes nouvelles. Car, contrairement à la structure osseuse ou à la longueur du pénis, un homme peut faire quelque chose au sujet de ses fesses et de son ventre. On peut comprimer ses fesses et réduire son ventre par des exercices réguliers ou, si on est sérieux, par un entraînement dans un gymnase local. Comprenez-moi bien!

Si votre vie sexuelle vous pose un problème, vous ne le réglerez pas en soulevant des haltères. Trop de muscles repoussent beaucoup de femmes.

Cependant, si vous doutez de votre apparence physique, deux visites par semaine à un gymnase augmenteront votre confiance en vous. En fait, ces exercices vous feront plus de bien que si une femme affirmait qu'elle aime votre apparence. «Ces visites au gymnase m'apportent davantage qu'une séance hebdomadaire chez un psychiatre, affirme un avocat de Chicago dans la quarantaine, et elles me coûtent bien moins cher.»

La confiance provient d'une reprise de contact avec son corps. «Je n'ai jamais aimé les sports, m'a dit le même homme en montrant un torse athlétique. J'étais comme étranger dans mon propre corps, mais je m'en fichais. Vraiment, on ne peut pas se figurer la différence que ça fait sur le plan sexuel. Avant que je commence mes exercices, je faisais l'amour avec mon pénis seulement. C'était comme si mon pénis devenait la seule partie de mon corps à entrer dans le lit. Maintenant, j'ai repris contact avec mon corps et lorsque j'ai un orgasme, je le ressens par toutes les parties de mon corps.»

## Une apparence soignée

Je ne suis pas certain si les femmes sont attirées par une apparence soignée ou si une apparence négligée les repousse. Quoi qu'il en soit, le résultat reste le même. Ceci ne veut pas dire que vous devez avoir une apparence impeccable. Un grand nombre de femmes sont agacées par les hommes qui se préoccupent trop de leur apparence, ajustent continuellement leurs vêtements et ne peuvent passer devant un miroir sans s'arrêter. Il est certain qu'un homme peut être considéré *trop* bien mis. Les femmes considèrent qu'une préoccupation exagérée pour son apparence convient mal à un homme.

Donc, il est bon de passer du temps devant son miroir, mais pas trop. «Je n'aime pas un vagabond, bien sûr, commente une secrétaire de Seattle. Toutefois, lorsqu'un homme est vraiment conscient de son apparence, je ne peux m'empêcher de penser qu'il a extrêmement conscience de *mon* apparence. De le voir m'examiner dans les moindres détails me rend nerveuse.»

Certaines odeurs plaisent à des femmes alors qu'elles déplaisent à d'autres. C'est le cas du tabac et de l'alcool. Il s'agit d'être attentif à la façon dont une femme réagit et de vous comporter en conséquence. Si vous êtes un fumeur invétéré, vous aurez peut-être à choisir entre elle et vos cigarettes. Il est presque impossible de camoufler la présence du tabac dans l'haleine d'un habitué de la cigarette.

Les eaux de Cologne tombent dans la catégorie des odeurs que certaines femmes aiment et que d'autres détestent. Cependant, la plupart des femmes ont tendance à penser qu'une légère odeur masculine est davantage sexy. «Je suis un peu gênée de l'avouer, me confie une femme, mais une légère odeur corporelle m'excite. Elle agit un peu comme aphrodisiaque. Naturellement, une odeur trop forte n'a pas le même effet.»

Une autre femme, travaillant pour un poste de télévision de New York, m'a raconté qu'elle était déjà devenue amoureuse d'un homme à cause de son odeur. «Je posais continuellement ma tête sur son épaule, essayant de capter son odeur. Nous nous bagarrions constamment; mais lorsqu'il s'approchait de moi, je laissais tomber toute résistance. Certaines personnes ont véritablement une odeur sexy.»

## Le ton de voix

Les femmes relient la voix à la sexualité bien plus que ne le font les hommes. Beaucoup de femmes considèrent qu'une voix sexy demeure l'un des plus grands atouts d'un homme.

Une très jolie femme de ma connaissance attache plus d'importance à la voix d'un homme qu'à toute autre chose. Elle est indifférente à la beauté physique, aux muscles, au pouvoir, à l'argent, à tous les aphrodisiaques traditionnels. Mais, comme elle le formule elle-même, «dès que je suis dans un endroit calme avec un homme à la voix profonde, une voix de baryton, je fonds littéralement».

## Un esprit sexy

La véritable confiance en soi germe dans votre esprit et irradie de votre corps. Après avoir réfléchi, la grande majorité des femmes que j'ai interviewées m'ont dit que les hommes les plus sexy étaient ceux ayant un «esprit sexy». Lorsque je leur ai demandé de s'expliquer, elles m'ont énuméré plusieurs points: des préoccupations diversifiées, une certaine curiosité intellectuelle, le sens de l'humour, une conversation agréable, ainsi que la faculté de faire sentir à une femme qu'il n'y a qu'elle qui compte.

### L'intelligence et le charme

Un magazine féminin à grand tirage publiait récemment un article au sujet des hommes auxquels «rêvent les femmes», des hommes qu'elles trouvent sexy. Comme il fallait s'y attendre, au rang des heureux élus figuraient des «athlètes» comme Bruce Jenner et Joe Nanath; des «brutes» comme Charles Bronson et Larry Hagman et des «tombeurs» comme Richard Gere et Marcello Mastroianni.

Cependant, les hommes aux qualités physiques n'apparaissent pas en tête de liste. On y trouvait également certains types de jeunes universitaires tels que Michael Moriarty et le caricaturiste Gary Trudeau; des «intellectuels» comme le chroniqueur William Buckley et le romancier John Updike et même des «indécrottables lunatiques» comme

Woody Allen. Il faut bien reconnaître que si Woody Allen figure sur la liste des hommes les plus sexy des États-Unis, les femmes américaines ne sont pas attirées par la seule beauté physique.

Woody Allen possède une autre caractéristique que les femmes trouvent sexy: le sens de l'humour. Comme le dit une étudiante: «Pour que j'accepte de passer une longue période avec un homme, il faut que ce soit quelqu'un qui sache me faire rire.»

Une autre ajoute: «Les artistes sont sexy. Ils sont libérés et créateurs. Ils apportent une dimension expérimentale à la sexualité. Vous ne savez jamais quelle caresse ils imagineront. J'ai eu beaucoup de relations sexuelles dans ma vie, mais comme j'avais reçu une éducation stricte, je n'ai jamais perdu un certain côté pudique. J'ai besoin d'un homme libéré pour me faire oublier mes inhibitions.»

## Se montrer attentif

«Je préfère les Italiens à tous les autres, me dit une ravissante agent d'immeubles de San Francisco. Dès que les Italiens quittent le bureau, ils cessent de penser à leur travail. Lorsque vous faites l'amour avec certains hommes, vous savez que vous êtes avec quelqu'un qui pense au contrat qu'il veut signer le lendemain matin. Vous n'avez qu'une moitié de présence, l'autre moitié est toujours au travail.

«Les Italiens vous consacrent toute leur attention. Ils ne vous adresseront peut-être pas la parole le lendemain, mais lorsque vous êtes au lit avec eux, ils ne pensent pas à autre chose. Ils aiment toucher et semblent se consumer au contact du corps d'une femme. Ils prennent tout leur temps avec une femme, ils passent des heures à la caresser. Le moment qui précède l'acte sexuel apparaît presque comme un événement spirituel pour eux. Ils restent en harmonie avec leur nature animale, mais ils n'ont rien de brutal. En vérité les Italiens sont des hommes exceptionnellement doux.»

Que peut-on faire pour libérer son esprit de toute distraction, pour concentrer son attention sur la femme avec laquelle on se trouve? Comment peut-on libérer son cerveau des problèmes de la journée et devenir capable de savourer les plaisirs du moment?

Un acteur de 35 ans, qui joue souvent dans des pièces à Broadway, m'a décrit une méthode remarquable pour se préparer à une soirée d'amour. «Environ une heure avant que j'aille à un rendez-vous avec une femme, dit-il, je m'assois calmement durant quelques minutes et je tente de visionner la soirée sur l'écran de mon imagination. C'est un peu comme une répétition de ce qui vient.»

L'avantage d'avoir pensé à ce qui peut se produire dans l'esprit de la femme que vous allez rejoindre est de vous aider à lui consacrer toute votre attention lorsque vous la verrez. Consacrez votre attention à toute sa personne, sa vie, ses désirs, ses exaltations, ses besoins, non pas seulement à son corps. Comme me l'affirmait une femme: «L'homme qui m'excite, c'est celui qui se préoccupe de moi.» Cette qualité d'attention reste l'une des choses que les femmes trouvent le plus sexy chez un homme.

Ma plus grande surprise, au cours de mes échanges avec les femmes que j'ai interviewées, a été de constater qu'elles faisaient souvent allusion au fait que fondamentalement (même si c'est inconscient) les hommes n'aiment pas les femmes. Ils les apprécient pour les relations sexuelles, mais ils ne veulent pas d'elles comme amies. Cependant, même si les hommes en sont inconscients, les femmes s'en rendent très bien compte.

«Je crois que les hommes américains n'aiment pas les femmes. Ils les apprécient pour les relations sexuelles, mais pas dire qu'ils détestent les femmes ou quoi que ce soit. Je pense simplement que les Américains se sentent mal à l'aise dans l'intimité. Lorsqu'ils se retrouvent en bande avec leurs amis intimes, ils se concentrent sur les activités de groupe. Ils sortent et jouent au base-ball, vont à la pêche, prennent une bière, regardent les sports à la télévision ou que sais-je encore. Ils *ne parlent pas* de leurs problèmes, particulièrement de ceux de nature émotive ou sexuelle. Les femmes parlent constamment de ces problèmes et elles comptent avoir le même type d'intimité avec les hommes qui partagent leur vie. Comme les femmes exigent un degré de spontanéité et d'intimité que les hommes qui partagent leur existence restent incapables de fournir, ceux-ci commencent à développer du ressentiment. Même si cela est inconscient.»

Une autre femme ajoute: «Ils ne nous croient pas dignes de confiance. Ils pensent que nous cherchons à leur soutirer quelque chose. J'ai l'impression que beaucoup d'entre eux n'ont pas aimé leur mère et qu'ils projettent ce sentiment négatif sur les femmes qu'ils connaissent. Les hommes qui aiment véritablement les femmes font rire d'eux. J'aime les hommes qui peuvent faire le même genre d'humour que les femmes. Ce qui ne veut pas dire qu'ils sont efféminés.

«Le problème réside simplement dans le fait que la plupart des hommes arrivent à l'âge adulte sans avoir développé un vocabulaire pour l'intimité ou pour les choses personnelles. Lorsqu'ils discutent avec des amis intimes, ils parlent de sports et de différentes choses. Les femmes apprennent les mots alors que les hommes deviennent frustrés par manque d'un vocabulaire adéquat. C'est pourquoi je suis tellement surprise et enchantée lorsque j'ai la chance de rencontrer un homme qui sait apprécier la compagnie des femmes et tenir une conversation sur les sujets qui leur tiennent à coeur.»

## Un homme qui aime les femmes

La meilleure définition m'en a été donnée par cette femme qui m'a dit: «Un homme sexy, c'est un homme qui aime les femmes et le démontre. Quelqu'un qui sait apprécier leur compagnie. Tous les hommes n'ont pas cette capacité et je le détecte immédiatement.» Une autre femme exprime la même idée en disant: «Les hommes devraient apprendre à être amis avec les femmes. Ils peuvent être tellement de *bons* amis. Il n'y a rien de mieux que de faire l'amour avec un véritable ami.»

## La passion

La passion est une autre qualité que les femmes recherchent chez les hommes. La passion pour la vie, bien sûr, mais aussi la passion pour l'amour. Une femme enseignant dans une université du Maryland m'a dit qu'elle recherchait toujours des hommes qui avaient un certain «feu intérieur». «Si un homme manifeste des intérêts variés et beaucoup d'enthousiasme, il saura montrer de l'enthousiasme dans sa relation avec moi.» Pourquoi ce feu intérieur est-il si important?» lui demandai-je. «Je crois que cela s'explique par le fait qu'un homme qui montre de l'enthousiasme pour la vie est généralement sûr de lui-même. Il a un ego très sain et cela est également bon pour moi.» Enfin, comme l'exprime une autre femme: «Les hommes sexy sont ceux qui se sentent passionnés par tout ce qu'ils font. Ils sont capables de sentiments extrêmes. Leur attachement à la vie déborde sur leur vie sexuelle. Si un homme s'ennuie dans sa carrière, il s'avérera incapable de rassembler la passion nécessaire pour devenir un amant hors pair. Le meilleur aphrodisiaque, c'est de trouver de la passion chez un homme. Aucune femme n'est immunisée contre cela.»

# IV

# Les angoisses sexuelles

La grande majorité des hommes connaissent une forme ou une autre d'angoisse sexuelle. Je n'ai pas rencontré un seul homme qui n'ait jamais eu de problèmes sexuels, réels ou imaginaires. Certains éjaculent trop vite, chez d'autres, l'érection disparaît rapidement, sans compter tous ceux qui sont affligés d'un pénis plus petit que la moyenne.

En réalité, la plupart des hommes sont tellement préoccupés par leurs propres craintes qu'ils sont incapables de s'arrêter et de constater que les femmes ont également leurs craintes sexuelles. Il en résulte de l'incompréhension et du ressentiment. Une femme m'a dit: «Je suis fatiguée de jouer le rôle d'infirmière sexuelle auprès des hommes. J'ai l'impression de passer la nuit à les rassurer, à affirmer que j'ai eu du plaisir, que la grosseur du pénis n'a pas d'importance, que je suis bien, etc. Et je ne suis pas la seule dans mon cas. Je connais beaucoup de femmes qui en ont assez de jouer les thérapeutes de chambre à coucher.»

Si aucun des partenaires n'est prêt à jouer le rôle de thérapeute et à aider l'autre à surmonter ses craintes sexuelles, ils se retrouvent dans la situation de deux navires qui se croisent dans un brume épaisse, celle de l'incompréhension et de l'ignorance. La seule manière d'en sortir consiste à essayer de voir la sexualité et l'amour du point de vue de l'autre. Beaucoup d'hommes ne se sont jamais demandé ce qu'une femme appréciait le plus, ou craignait le plus, en amour. Ce qui est catastrophique, car on ne peut pas vraiment faire l'amour à une femme sans savoir ce qui la rend heureuse ou ce qui lui fait peur.

Au moins sur un aspect, les angoisses sexuelles des femmes rejoignent celles des hommes: la peur d'être repoussé. À peu près tous les hommes que je connais se sont déjà sentis repoussés par une femme. Parfois le rejet est réel, mais la plupart du temps il s'agit tout simplement d'ignorance. Si une femme n'est pas sensibilisée aux angoisses sexuelles d'un homme, elle peut lui transmettre un message de rejet sans même en avoir l'intention.

Les hommes agissent de la même manière envers les femmes, et même plus fréquemment, car ils ignorent généralement que celles-ci ont aussi des craintes sur le plan sexuel. Là aussi, le message n'est pas volontaire. En recevant davantage d'information concernant les angoisses sexuelles des femmes, un homme peut apprendre à saisir le moment qui convient pour rassurer une femme et faire disparaître sa crainte d'être rejetée.

## Je ne suis pas assez belle

Un de mes compagnons à la faculté de droit parlait sans cesse de l'apparence des femmes. Il avait passé en revue toutes les filles de la classe de la première année et avait assigné à chacune un pointage allant de 1 à 10. Quand nous marchions dans un corridor il récitait un véritable chapelet de chiffres: «8, 6, 4 (celle-là n'ira pas loin dans la vie). Tiens regarde-moi celle-là, au moins $9^1/_2$!»

Tous les hommes ne se comportent pas comme lui, mais il n'y a rien de surprenant à ce que les femmes se préoccupent de leur apparence: «Suis-je assez jolie? Devrais-je perdre un kilo ou deux? Remarquera-t-il mes vergetures? Ma cellulite est affreuse! Il faudrait me refaire le nez! Je n'ai aucune ressemblance avec les filles de *Playboy*!» Même les plus jolies femmes ont tendance à ne pas voir leur propre beauté, du fait de ces préoccupations concernant l'inévitable défaut, même caché. Particulièrement chez les jeunes femmes, la peur numéro un se résume dans la question: «Suis-je assez jolie?»

Ce qu'elles comprennent mal, c'est qu'en grande partie, les commentaires au sujet de l'apparence des femmes ne sont rien d'autre que du bavardage. Lorsqu'il s'agit de l'amour, aucun des hommes que je connais n'accorde une aussi grande importance à l'apparence physique qu'il l'affirme. Bien que les jeunes hommes soient souvent soumis aux pressions sociales de leurs pairs et semblent préoccupés par le visage ou le corps des femmes, ces fixations disparaissent lorsque leur regard prend de la maturité. Avec le temps, ils perdent de l'intérêt pour les qualités de surface et commencent à rechercher des qualités plus substantielles.

Les hommes mûrs ne sont pas attirés par un profil impeccable ou par des mensurations parfaites; ils recherchent une femme qui soit bien dans sa peau. La vérité, si on en croit un autre sondage de la revue *Redbook*, c'est que les hommes sont davantage attirés par «une femme qui les aime» plutôt que par de gros seins ou tout autre attribut propre à exciter les machos. Le problème c'est que les femmes ne s'en doutent pas. Si les hommes dévoilaient ce petit secret aux femmes, beaucoup d'entre elles se sentiraient plus détendues face aux relations sexuelles.

Il est donc important de laisser savoir à une femme qu'elle vous plaît. Comme le dit souvent une de mes amies:

«Si un homme permet à une femme de se sentir belle et sexy, il n'y a rien à y comprendre, mais elle *devient* plus belle et plus sexy. Elle perd ses inhibitions et les relations sexuelles gagnent en qualité.»

J'ai dernièrement rencontré cet ancien camarade d'université dont je parlais plus haut. Il m'a appris avec fierté qu'il avait épousé une de nos compagnes de classe. Il m'a demandé si je me souvenais d'elle et je m'en souvenais. Je me rappelais également que dans le temps il ne lui accordait qu'un pointage de $5^1/_2$.

## «Mes seins sont trop petits (ou trop gros)»

«Les adolescentes ne souffrent pas de l'envie du pénis, m'a dit une amie de Boston. Elles envient plutôt les seins. Elles passent autant de temps que les hommes à comparer, dans le vestiaire, leurs attributs respectifs. Lorsqu'elles sont en âge d'avoir des rapports sexuels, elles ne peuvent approcher un nouveau partenaire sexuel sans éprouver de l'inquiétude.»

Si une femme demande si ses seins sont trop «gros» ou trop «petits», ce qui signifie qu'elle les *pense* trop gros ou trop petits, il est important de lui dire que vous les aimez tels qu'ils sont. Si vous êtes un de ces nombreux hommes qui *préfèrent* une petite poitrine, laissez-le savoir à votre partenaire; cela la mettra à l'aise. Beaucoup d'hommes préfèrent les femmes qui pratiquent un sport: elles ont souvent les seins plutôt petits.

En réalité, des seins trop petits ça n'existe pas. Il faut oublier l'image des poitrines de 105 cm qui nous est venue de Hollywood. Les seins qui atteignent cette grosseur restent très rares, sont souvent faux ou gonflés de silicone, embarrassants lorsqu'on fait l'amour et souvent insensibles au toucher. Souvenez-vous que le but de tout ça reste de donner du plaisir à votre partenaire, pas de la comparer à la vedette du mois.

Si vous croyez qu'une femme a des doutes concernant la grosseur de ses seins, n'abordez pas ce sujet, même pas pour la rassurer. (Si une femme vous disait: «Ça ne fait rien, j'aime les petits pénis», vous sentiriez-vous beaucoup mieux?) Lorsque règne l'inquiétude, le geste est toujours préférable à la parole.

## «Il m'utilise»

Quel que soit le degré de libération d'une femme, la peur de se faire exploiter demeure souvent présente. Les femmes qui se sont libérées de la crainte que les hommes cessent de les respecter si elles font l'amour restent préoccupées par la possibilité que l'acte sexuel devienne «banalisé». Une femme m'a fait cette remarque: «Même si ce n'est que pour une nuit, ça doit *compter.*» La peur que l'acte sexuel n'ait plus d'importance est probablement reliée à la vieille crainte d'être traitée comme un objet. Beaucoup de femmes qui n'ont pas d'objections morales à faire l'amour fréquemment disent se sentir diminuées s'il s'agit de relations sexuelles complètement gratuites.

Lorsqu'il s'agit de sexualité, beaucoup de femmes continuent à habiter deux mondes, celui de leur enfance et celui d'aujourd'hui. Le premier précédait la révolution sexuelle, le second en est le produit. Une des angoisses sexuelles les plus profondes chez les femmes résulte des conflits qui existent entre ces deux mondes, de même que du fossé qui sépare leurs deux attitudes envers la sexualité.

«Les personnes de mon âge ont grandi avec l'idée qu'il fallait fréquenter quelqu'un pendant 4 ou 5 mois avant qu'il ne soit décent de «le faire», se rappelle une divorcée de l'Oklahoma âgée de 45 ans. Je crois vraiment à la révolution sexuelle. Mon cerveau y croit, mon corps aussi. Mon *cœur* reste incapable d'y croire, il se tient toujours à l'écart. Petite fille, on me disait que si je cédais, mon cavalier allait perdre tout respect pour moi. Je suppose que j'ai gardé cette impression, même après toutes ces années.»

Malheureusement, les hommes n'ont rien fait pour améliorer la situation. Malgré tout ce qu'on a dit de la révolution sexuelle, lorsqu'il s'agit de reconnaître aux femmes le droit à l'activité sexuelle, beaucoup d'hommes conservent une mentalité qui date d'avant cette révolution. Beaucoup d'entre eux ne respectent toujours pas les femmes qui ont des rapports sexuels en dehors du mariage, ou à tout le moins en dehors d'une relation prolongée. Cette attitude est évidente chez le don Juan qui cesse de voir une femme dès qu'il parvient à l'amener dans son lit. Beaucoup d'hommes le nieront, mais ils accordent une importance démesurée à l'aspect conquête, ce qui impose aux femmes une certaine prudence.

Bien que les hommes éprouvent des réserves semblables au sujet d'une activité sexuelle désordonnée, il s'agit là d'un sujet d'inquiétude beaucoup plus important pour les femmes. Pour une raison quelconque, il semble que l'enjeu soit plus grand de leur côté, particulièrement dans les relations non exclusives. À de rares exceptions près, une femme ne s'attend pas à ce qu'un homme lui fasse passionnément l'amour à chaque fois. Elle n'a pas besoin de le sentir obsédé. Cependant, elle compte bien que lorsqu'il fait l'amour c'est parce qu'elle lui plaît et qu'il le désire vraiment.

## «Il va me demander de faire des choses qui me dégoûtent»

Beaucoup de femmes, particulièrement celles sans expérience, ressentent de l'anxiété au moment d'aller au lit avec un homme. Elles craignent que l'homme ne leur demande de faire quelque chose qu'elles ne connaissent pas ou qu'elles ne veulent pas faire. Le principal sujet tabou est la sexualité orale.

«Les premières fois que je fais l'amour avec un homme, m'a confié une résidente de Baltimore, j'ai peur qu'il ne s'attende à des caresses buccales. La sexualité orale me *répugne,* je *déteste* qu'un homme pousse ma tête vers son pénis, et me demande de le prendre dans ma bouche». Une autre femme m'a dit: «Je n'aime pas beaucoup la fellation. Je veux bien sucer un pénis, mais je ne veux pas qu'on m'éjacule dans la bouche. Je ne veux pas non plus de pénétration anale. Je ne crois pas que notre corps ait été fait pour ça, de là la douleur. Je considère cet acte grossier et agressif: il contient une forte coloration de violence.»

L'effet combiné de la révolution sexuelle et de la libération de la femme accroît considérablement le potentiel sexuel de cette dernière, mais fait surgir de nouvelles responsabilités. L'égalité se paie et la fellation est un des prix à payer. Nombreuses sont les femmes que cette nouvelle liberté sexuelle effraie un peu. La meilleure façon pour un homme de composer avec les appréhensions sexuelles d'une femme est d'essayer de prendre sa place et de tenter d'éprouver les mêmes sentiments qu'elle, d'expérimenter ses peurs.

Regardons les choses de cette façon: les premières fois, elle peut se sentir aussi mal à l'aise devant la pratique de la sexualité orale que vous pouvez l'être devant la perspective de caresser oralement ses organes génitaux. Vous n'apprécieriez guère que l'on vous oblige à pratiquer le cunnilingus, alors ne forcez pas votre partenaire à pratiquer la fellation.

Il vous appartient de la persuader, par les gestes plutôt que par les paroles, que faire l'amour n'est pas passer un examen et qu'elle n'aura pas à vous prouver ses sentiments en faisant des choses contre sa volonté. Il est probable que dans une atmosphère de calme et de tendresse, sans pression aucune, elle en vienne à changer d'idée sur les caresses qu'elle aime ou n'aime pas. Lorsque, par exemple, elle verra à quel point vous aimez lui procurer le plaisir du cunnilingus, elle voudra peut-être vous procurer le plaisir équivalent de la fellation.

## «Je peux devenir enceinte»

En cette période caractérisée par l'éducation sexuelle, la pilule et tous les autres contraceptifs, les hommes ont de la difficulté à croire que les femmes peuvent encore avoir peur d'une grossesse involontaire. Il s'agit là, de toute évidence, d'un autre domaine dans lequel la communication a fait défaut, car plus d'une femme mentionne la peur d'une grossesse accidentelle.

Certaines éprouvent même de la colère devant l'absence de préoccupation généralisée des hommes à ce sujet: «La plupart des hommes se fichent éperdument du type de contraception que j'utilise. Ils croient, je suppose, que si je ne parle de rien, c'est que je prends la pilule. Les rares fois où un homme me le demande, je ressens beaucoup de joie du fait qu'il se soucie de moi comme personne. Il arrive aussi que l'on me demande d'un ton brusque «Tu prends bien la pilule?», comme si j'essayais de tendre un piège pour devenir enceinte.»

«Si j'avais connu les contraceptifs au moment de mes premières relations sexuelles, ma vie aurait été beaucoup plus agréable», estime une interlocutrice qui a perdu sa virginité il y a 20 ans. «Je passais les 28 jours suivants à m'inquiéter. Il y a quelques décennies, l'inquiétude était une des principales occupations des femmes.»

Elles n'ont toutefois pas fini de s'inquiéter. «Cela m'obsède, m'a confié une jolie brunette dans la trentaine qui fait carrière dans une banque. Quelles que soient les précautions que vous prenez, vous n'êtes jamais *certaine*. J'ai arrêté de prendre la pilule à cause de ses effets secondaires, et aucun autre moyen n'offre de garantie complète. Je passe mon temps à me dire: «Oh mon Dieu! un bébé?... Qu'est-ce que je ferais d'un bébé?»

Le problème de la contraception se présente d'une façon particulièrement aiguë la première fois qu'un homme fait l'amour avec une femme. Vous pouvez ne pas avoir la certitude qu'elle prend la pilule et, conséquemment, ne pas savoir si elle a une protection quelconque. Le chapitre XI passe en revue les façons de traiter le problème de la contraception la première fois que vous couchez avec une femme.

La formule idéale de contraception n'existe pas. La plus efficace demeure la pilule, mais c'est probablement aussi la plus dangereuse. C'est pourquoi beaucoup de femmes ont cessé de l'utiliser. Elle peut provoquer des kystes, de la coagulation et d'autres problèmes de santé sérieux chez les femmes. Bien qu'aucune forme de contraceptif ne soit totalement sûre (même la pilule n'offre que 99% de certitude), certaines restent plus efficaces que d'autres. Le stérilet est mauvais pour plusieurs raisons; il peut, d'une part, causer des blessures au col de l'utérus ou bien se déplacer. Le meilleur de tous demeure probablement le diaphragme, qui doit toujours être employé avec une gelée spermicide, que l'on doit insérer dans le vagin moins de 2 heures avant un rapport sexuel. Le diaphragme doit demeurer en place au moins 6 heures après l'étreinte sexuelle.

Si vous avez une relation suivie avec une femme qui ne prend pas la pilule et n'a adopté aucune autre forme de contraception, recommandez-lui de se procurer un diaphragme. Celui-ci ne devrait poser aucun problème de santé tout en offrant une protection quasi complète contre la grossesse. La peur d'une grossesse est une des craintes qu'il faut régler dès que l'on a une relation de nature sexuelle avec une femme.

## «Je vais le blesser ou alors je serai blessée»

Personne, qu'il s'agisse d'un homme ou d'une femme, ne veut s'impliquer avec quelqu'un d'émotivement fragile. Cette fragilité est à l'opposé de la confiance en soi. Cependant, quelle que soit la confiance qu'elle a en elle, une femme craindra toujours d'être repoussée.

Le contraire de subir une blessure, c'est d'en infliger une. Auparavant, les hommes craignaient souvent que les femmes avec lesquelles ils avaient des rapports sexuels passent trop vite aux attentes sérieuses. Une trop grande démonstration d'affection, au cours des relations sexuelles, leur donnait envie de se cacher pour se protéger. Mais l'égalité a changé beaucoup de choses, et les femmes commencent à ressentir la même crainte.

Maxime Schnall, auteur d'un livre intitulé *Limits: a Search for New Values,* affirme que l'un des principaux problèmes des dernières années consiste en une phobie des engagements. Elle définit cette phobie comme «une incapacité d'entreprendre ou de maintenir une relation exclusive et permanente avec une personne de sexe opposé. La personne qui en souffre doit en quelque sorte échanger sa disponibilité sur le plan sexuel contre sa disponibilité émotive, contexte dans lequel la tendresse devient le nouveau tabou.»

Bien que ce problème afflige surtout les hommes, les femmes se méfient de plus en plus des engagements émotifs. Craignant d'afficher des traits de caractère vulnérables ou «féminins», la femme qui a cette phobie s'intéresse à des hommes inaccessibles qui ne risquent donc pas de devenir dépendants d'elle. Tout comme leur contrepartie masculine, ces femmes trouvent difficile de croire que «deux partenaires peuvent demeurer autonomes tout en étant profondément attachés l'un à l'autre».

Une femme de 22 ans, rédactrice d'une revue de New York, souligne: «Les hommes sont plus traumatisés que nous par la sexualité. Si vous mettez fin à une relation, vous avez peur de les traumatiser pour la vie. Ce qui fait que vous ne rompez pas complètement, même si c'était votre intention, ou que vous rompez, mais en les évitant ensuite comme la peste.»

La solution semble être la même, qu'une femme craigne d'«être blessée ou de faire mal». Il faut se montrer prudent et éviter de déclarer son attachement ou de suggérer un engagement à long terme. Il y a deux bonnes raisons pour éviter une déclaration d'amour dans les premiers temps d'une relation: une telle déclaration renforcerait les craintes de votre partenaire de se faire blesser *et* de vous faire mal. «Les gens sont tellement pressés de dire «Je t'aime», m'a dit une amie. Je n'ai jamais oublié ce que John Wayne disait dans un film au sujet de l'utilisation d'un revolver: «Ne tire que lorsque tu as l'intention de tuer.»

Si vous fréquentez plus d'une femme à la fois, observez cette simple règle de politesse. Laissez savoir à chacune que vous en voyez une autre, mais ne parlez pas de l'absente. N'oubliez pas: les meilleures relations sexuelles se produisent dans une atmosphère favorable à l'amour et, sur ce point, la seule manière de vraiment aimer une femme est de l'aimer pour elle-même.

# V

# Les fréquentations et le romanesque

Les films américains d'avant 1960 étaient remplis d'hommes fougueux qui courtisaient de jolies femmes; une idylle romanesque était le prélude essentiel aux rapports sexuels. Principalement au cœur de la crise économique des années 30 et 40, le cinéma nous a montré les hommes influents de l'époque invitant leurs dames à des dîners dans des restaurants somptueux, remplissant littéralement leur chambre d'arrangements floraux, et leur parlant d'amour avec une grande éloquence sur les terrasses de marbre de leurs élégantes villas, le tout sous un ciel sans nuages et baigné de la chatoyante lumière de la pleine lune.

Les temps ont bien changé. Dans un film récent qui connut un succès foudroyant, John Travolta ne demande le nom de sa partenaire qu'*après* l'amour. Il ne faut donc pas se surprendre d'entendre les femmes souhaiter le retour des fréquentations romanesques. Un aspect n'a pas changé cependant; c'est que ces fréquentations coûtent cher. Inviter la femme aimée à un de ces grands restaurants peut coûter presque une semaine de salaire. Le montant à payer pour remplir sa chambre de fleurs servirait à payer un mois ou deux de loyer.

Toutes les femmes à qui j'ai parlé m'ont dit s'attendre à ce que les hommes qui les courtisent les invitent à sortir; elles m'ont dit compter sur un présent de temps à autre. Elles recherchent ces signes tangibles d'affection qui malheureusement sont, pour la plupart, très dispendieux. Ce qui amène la plupart des hommes à se demander comment ils peuvent se montrer romanesques sans être riches.

Libération des femmes ou pas, la majorité d'entre elles s'attendent à ce qu'on leur fasse la cour. Comme le dit une femme de carrière de New York: «Sous tous ces tailleurs à l'aspect sérieux, vous trouverez probablement des dessous de dentelle. Il ne faut pas se laisser tromper par l'apparence austère d'une femme d'affaires. Moi-même, j'apprécie toujours les roses et les cartes de Saint-Valentin.»

Cependant, les attentes des femmes concernant les fréquentations varient selon les régions et les groupes d'âges. Certaines femmes sont plus disposées que d'autres à partager les dépenses attachées au romantisme. Au risque de généraliser, les femmes des États du Sud et du Sud-Ouest des États-Unis escomptent recevoir davantage de leurs amis et de leurs amants que partout ailleurs au pays. Dans les autres États, l'âge constitue le facteur déterminant. «Si une femme a plus de 40 ans, explique une femme d'affaires de Chicago âgée de 29 ans, c'est généralement l'homme qui paie pour les sorties; si celui-ci a moins de 30 ans, il compte sur la femme pour payer sa part; s'il a entre 30 et 40 ans, la situation devient plus flexible».

Dans le but de savoir quel comportement adopter pour éviter que ces «situations flexibles» ne deviennent embarrassantes, j'ai demandé l'avis de la psychologue Marilyn Machlowitz. «De nos jours, une femme peut gagner presque autant d'argent qu'un homme, parfois même davantage.

Comment faire alors pour régler le délicat problème de l'addition? Les garçons de table sont déjà sensibilisés au problème et ne la remettent plus automatiquement à l'homme. Ils la posent plutôt dans une zone neutre au milieu de la table.

«À moins d'avoir clairement spécifié qu'il allait payer le repas au moment de l'invitation, l'homme peut prendre les devants et dire: «Comment veux-tu que l'on règle l'addition?» ou encore «Cette fois, c'est moi qui t'invite, tu me rendras la pareille la prochaine fois,» conseille le Dr Machlowitz.

«Ceci permet d'établir un certain nombre de choses. Premièrement que vous valorisez et respectez l'opinion de la femme. Les femmes, à l'instar des hommes, n'aiment pas qu'on les commande. Deuxièmement, que vous faites preuve de souplesse et de tact. Vous ne sortez pas votre calculatrice de poche pour établir que votre compagne vous doit un montant précis.»

Dans «l'ancien temps», avant que le romantisme ne devienne démodé, les hommes et les femmes réglaient le partage des dépenses de la manière suivante: l'homme invitait la femme à dîner dans un restaurant et la femme lui rendait la politesse en l'invitant à un dîner qu'elle préparait elle-même à son appartement. Les choses se passaient presque invariablement ainsi. Dans les cas les plus simples, elle pouvait faire réchauffer un plat congelé, et il apportait une bouteille de vin.

Présentement, les possibilités de partager les dépenses sont beaucoup plus variées. Par exemple, elle peut vous inviter à manger au restaurant et vous pouvez la recevoir chez vous pour un repas que vous aurez préparé *pour elle*. La plupart des femmes seront davantage touchées par le temps que vous aurez consacré à préparer vous-même le dîner que par l'argent que vous auriez donné à un restaurateur pour qu'il le fasse à votre place.

Ou, dans le cas où elle gagne un salaire comparable au vôtre, vous pouvez simplement alterner le paiement de l'addition; vous payez une première fois, elle paie la suivante. Il y a toutefois une exception au système de réciprocité. Si vous invitez une femme dans un restaurant dispendieux, vous devriez toujours prévoir de payer entièrement la facture. Il ne serait pas équitable en effet d'inviter votre compagne dans un restaurant qui coûte plus cher que ceux qu'elle choisirait elle-même, et d'escompter qu'elle paie la moitié de l'addition.

Néanmoins, si vous décidez de payer la facture, souvenez-vous qu'un repas n'a pas besoin d'être dispendieux pour être romantique. Un couple de New York que je connais a consacré sa période de fréquentation à faire la tournée des petits restaurants du West Side. Chez un autre couple, les deux partenaires s'invitent réciproquement dans des restaurants charmants mais peu dispendieux qu'ils ont découverts. Dans toutes les grandes villes, on trouve des restaurants spécialisés dans les cuisines nationales: Grèce, Italie, Inde, Chine, ou autres ethnies, où un repas pour deux ne dépasse pas 20 $.

Il reste aussi possible d'essayer les restaurants plus dispendieux sans dépenser une fortune. «J'aime inviter mon amie au Rainbow Room, au Windows on the World, et dans d'autres restaurants chic situés au sommet des gratte-ciel de New York, m'a raconté un de mes amis. Je l'invite à venir me rencontrer pour un apéritif et nous admirons les couchers de soleil en prenant un vermout ou un Martini. Ou encore, je suggère que nous allions y prendre le déjeuner, de préférence après une nuit passée ensemble.»

Être romantique, c'est surtout savoir manifester son attachement. Vous n'avez pas non plus à dépenser beaucoup d'argent pour les cadeaux. La majorité des femmes seront davantage touchées par le fait que vous vous présentiez à leur porte une rose à la main plutôt que de leur en faire livrer deux douzaines par un fleuriste. Encore mieux, offrez-lui un cadeau imaginatif: des fraises fraîches en janvier, un sorbet italien en juillet, ou encore quelque chose qui vous est très personnel, comme un livre de poésie que vous avez lu et relu plusieurs fois.

Les cadeaux les plus appréciés seront ceux qui sauront démontrer que vous connaissez bien *ses* goûts et ses préférences. Si vous lui achetez un parfum, achetez-en un dont elle a déjà parlé favorablement. Si elle aime la musique classique, achetez-lui un billet de saison pour l'orchestre symphonique. Si elle manifeste de l'intérêt pour un nouveau sport, payez-lui des leçons. «L'erreur à éviter, conseille une de mes amies, serait d'acheter quelque chose qui pourrait suggérer qu'elle a besoin de perdre du poids ou de cultiver son esprit.»

Toutefois, ce dont les femmes se plaignent le plus, c'est que les hommes ne téléphonent pas assez souvent. La meilleure façon de prouver que vous pensez à une femme reste de décrocher le récepteur et de signaler son numéro de temps à autre, particulièrement si l'un de vous a dû s'éloigner pour quelques jours.

Si vous travaillez dans un bureau, D^r^ Machlowitz a plusieurs bons conseils à vous donner. «Ne demandez pas à une secrétaire de signaler son numéro. Faites-le personnellement et assurez-vous de lui donner votre numéro de téléphone personnel au bureau, si vous en avez un.» Donnez-lui également votre numéro de téléphone à la maison car, naturellement, elle pourrait penser qu'une épouse, une autre amie, ou les deux, sont dissimulées quelque part.

## Provoquer un événement romantique

Bien que le romantisme soit généralement associé aux repas en tête à tête et à la danse, il s'agit plutôt d'un état d'esprit. À condition d'être habillé adéquatement, une longue marche après une chute de neige, surtout la première, demeure l'une des situations romantiques par excellence. Au même titre qu'une visite au jardin botanique au printemps, ou une marche en forêt l'automne. Faire du lèche-vitrines est romantique, tout autant que bouquiner dans les librairies de livres usagés ou visiter les expositions dans les musées. Une personne qui a suffisamment de créativité peut provoquer un événement romantique au moment le plus inattendu et à partir des éléments les plus invraisemblables.

Arthur, un de mes amis, venait de lier connaissance avec une fille au moment où il aménageait dans un nouvel appartement. Un soir il invita Carole, sa nouvelle amie, à venir le visiter alors qu'il était encore au stade de l'aménagement. Il n'y avait pas encore d'électricité et Arthur dut allumer plusieurs chandelles. Il n'avait pas encore aménagé la cuisine, mais il avait apporté une bouteille d'un bon vin allemand et deux coupes de cristal. Il avait aussi installé sa chaîne stéréo et il écoutait un quatuor à cordes de Mozart à l'arrivée de Carole. Il s'excusa de ne pas avoir de chaises et il l'invita à s'asseoir sur le sac de couchage qui lui servait de lit jusqu'à l'arrivée de ses meubles.

Arthur rejoignit Carole sur le sac de couchage et ils vidèrent la bouteille de vin tout en rigolant. La lumière des chandelles créait des ombres immenses dans la pièce déserte. Ils se couchèrent l'un près de l'autre et firent l'amour d'une manière spontanée, libre et romantique.

Tout au moins, cela eut l'air imprévu. Arthur me raconta beaucoup plus tard qu'il avait planifié la soirée jusque dans les détails. Il avait retardé la livraison des meubles, emprunté le sac de couchage et acheté les chandelles en pensant à une soirée inédite et propice à la séduction.

# VI

# Séduction et excitation

Il n'y a pas très longtemps, je me suis rendu à Washington où j'ai revu mon amie Suzanne. Malgré la température hivernale, nous sommes allés visiter l'exposition Rodin à la National Gallery of Art.

— Sur quel sujet écris-tu en ce moment?, me demanda-t-elle avec un sourire, au moment où elle arrivait devant le célèbre *Baiser* de Rodin.

— Sur la séduction et l'excitation, lui répondis-je un peu hésitant.

— Dois-je prendre cela pour un avertissement? me dit-elle à son tour avec une moue amusée.

— Seulement si tu le veux ainsi, répondis-je.

Puis elle me demanda à brûle-pourpoint:

— Laquelle des deux traites-tu en premier?

— Que veux-tu dire?

— Vas-tu parler tout d'abord de la séduction ou de l'excitation?

— Bien, il s'agit plus ou moins de la même chose, alors j'ai pensé traiter des deux en même temps, répondis-je.

Son sourire disparut et elle sembla soudainement indignée.

— Que dis-tu là, plus ou moins la même chose? Ces deux choses n'ont rien en commun.

Elle me prenait tellement par surprise que je ne pus que répliquer:

— Je ne comprends pas. Pourquoi s'agit-il de choses différentes?

Suzanne commença alors à me dispenser une leçon qui m'a par la suite été essentielle pour la compréhension des femmes.

— L'excitation, me dit-elle, c'est bon pour les chiens. Les chiens peuvent s'exciter en se frottant contre la jambe de quelqu'un. Parfois, je pense que les hommes sont faits de la même façon. Les femmes peuvent devenir excitées, parce que nous sommes tous des animaux. Cependant, l'excitation ne suffit pas, elle est loin de suffire. L'excitation n'est rien sans la séduction. La séduction a quelque chose de plus. Elle opère au niveau de l'esprit. Si je suis excitée sans être séduite, c'est plutôt un inconvénient, un peu comme une indigestion ou comme le chatouillement qui vous fait éternuer.

Puis, m'indiquant la sculpture de marbre qui nous faisait face, elle dit:

— Pour Rodin, la sexualité était physique, mais il y voyait aussi une grande passion.

Quels que soient les noms qu'on leur donne, deux choses sont essentielles pour que les femmes soient disposées à faire l'amour. Premièrement, il faut qu'elles en aient le goût, que leur esprit (et leur cœur) soit préparé, disposé à l'acceptation et émotivement désireux de le faire. Cette partie, que Suzanne appellerait la «séduction», doit se produire en dehors du lit. La seconde partie, peut-être la plus simple, est de nature physique. Elle concerne les préliminaires à un rapport sexuel. Le *corps féminin* doit être prêt pour l'amour, le désirer intensément. Cette phase, que Suzanne appellerait excitation, se déroule habituellement *dans* le lit.

Je ne pense pas que l'étiquette utilisée ait une grande importance. Ce qui importe vraiment, c'est d'aider une femme à atteindre le stade où elle devient prête à faire l'amour, de même que de prêter attention à ses besoins autant émotifs que physiques.

## La séduction

Qu'est-ce qui peut amener une femme à vouloir faire l'amour? Si vous le demandez à une centaine de femmes, vous aurez probablement 100 motivations différentes. Une femme répondra: «Un homme grand et calme, mesurant près de 2 mètres, et qui serait amoureux de moi. Une croisière tranquille sur l'océan, une marche au clair de lune, le bruit des vagues.» Une autre répondra simplement: «Mon mari, n'importe où, n'importe quand.» La chimie du cœur ne connaît pas de formules magiques.

Il reste toutefois les lois de la nature. Et selon les lois de la nature féminine, il faut penser à trois choses si vous tenez à la séduire, c'est-à-dire l'amener à désirer faire l'amour.

### La bonne personne

Le facteur le plus important pour le succès d'une séduction reste la personne qui tente de séduire. Indépendamment du soin que vous mettez à choisir le meilleur moment et la bonne atmosphère, si une femme n'est pas stimulée par vous, vous perdrez probablement votre temps. Ceci s'explique par le fait que la majorité des femmes considèrent l'activité sexuelle comme bien plus qu'un plaisir physique et sont beaucoup moins susceptibles que les hommes de coucher avec quelqu'un qu'elles ne considèrent pas «correct». Soyez sûr de vous-même, mais aussi honnête, vous vous épargnerez à la fois la déconfiture et l'embarras d'une séduction ratée.

## Le bon moment

Pour qu'une femme en vienne à désirer faire l'amour, il ne faut pas qu'elle se sente pressée par le temps ou les circonstances. C'est pourquoi, pour réussir auprès d'elle, la séduction doit cadrer dans le reste de sa vie.

«Même des hommes intelligents font, à l'occasion, des erreurs stupides, m'a dit une décoratrice de Los Angeles. La semaine dernière, je suis allée au restaurant avec un homme que j'ai déjà rencontré quelques fois et que j'aime bien. Dès le début du repas, je l'ai informé que je devais me lever tôt le lendemain matin afin de prendre l'avion pour Phœnix où j'assistais à un congrès. Cela ne l'a pas empêché de passer la soirée à tenter de me convaincre de passer la nuit avec lui. Je l'aurais bien voulu et j'ai tenté de lui faire comprendre qu'un autre soir conviendrait mieux. Mais il a pensé que ce n'était qu'un prétexte et s'est montré injustement déçu.»

Bien entendu, il existe quelques femmes pour qui le «bon moment» ça peut être 15 minutes de temps libre, et qui sont excitées à l'idée de rapports sexuels spontanés dans les endroits les plus inattendus. Cependant, il vaut mieux bien connaître une personne avant de prendre une initiative de ce genre.

D'autre part, qu'en est-il de la période de menstruation? Selon le Dr Avodah K. Offit, sexologue thérapeute, les femmes réagissent de différentes façons à la sexualité durant cette période. Pour certaines, les maux de ventre qui accompagnent leurs menstruations peuvent atténuer leur intérêt pour les rapports sexuels. Pour d'autres, l'excitation sexuelle peut les aider à surmonter des malaises de faible intensité.

Certains hommes ne penseraient même pas à faire l'amour avec une femme durant sa période de menstruation; d'autres considèrent cela comme un signe de virilité. Bien qu'un homme ne puisse avoir que peu d'effets sur la tension ou les malaises qui accompagnent les menstruations, il demeure qu'il peut avoir une influence. La réaction d'une femme à ses menstruations reste en partie reliée à celle de son amant ou de son conjoint. La doctoresse Offit écrit ceci: «La réaction de l'homme varie de la crainte de se faire tacher à la joie de voir l'écoulement menstruel chez sa compagne. Certains hommes insistent pour que la femme se lave avant, durant (si c'était possible) et après; d'autres s'en parent le corps comme de joyeux primitifs célébrant un rite de fertilité, de vie et d'amour.»

## La bonne ambiance

On a beaucoup écrit sur l'importance de créer une ambiance propre à faire l'amour. Bien que ce soient des clichés bien connus, je demeure convaincu que les trois éléments d'ambiance les plus populaires sont les chandelles, les fleurs et la musique. La musique peut s'avérer un aphrodisiaque particulièrement puissant: qu'il s'agisse du rythme régulier de votre disque rock favori, ou d'un concerto pour harpe de l'époque baroque, la musique peut créer à la fois l'état d'esprit et le rythme favorables à l'amour. Toutefois, si vous êtes l'homme qui lui convient, si elle vous convient également, et que le moment vous est propice à tous les deux, l'ambiance n'a pas une grande importance pour une relation sexuelle réussie.

Sur ce dernier point, j'ai consulté beaucoup de femmes qui se sont montrées d'accord. «J'admets que les petites attentions me font plaisir, m'a dit l'une d'elles, mais je ne dirais pas qu'elles sont essentielles. Je pense que trop souvent on les utilise comme *substitut* dans une relation. Cela fait souvent penser à un jeu du genre «Faisons semblant d'être en amour.»

Bien que je croie que l'attachement et la confiance sont beaucoup plus importants dans une relation avec une femme que les fleurs et les soupers au champagne dans un grand restaurant, il y a des moments où une femme désire être gâtée. C'est dans des moments comme ceux-là que l'ambiance peut véritablement embellir l'acte d'amour.

Il y a des moments où il est bon de dérouler le tapis rouge, d'acheter des fleurs (ou de lui en expédier à son domicile), d'allumer le plus de chandelles possible, de faire jouer une musique douce et, comme le dit une de mes amies, «d'organiser un tête-à-tête digne d'une publicité de vin».

N'oubliez pas cependant qu'à moins de préserver ces mises en scène pour des moments bien particuliers, toute leur nouveauté risque de s'évaporer. Leur côté magique réside en grande partie dans leur rareté. Cependant, les meilleures «surprises» restent celles que vous lui faites sans raison aucune.

Quel est l'effet des stimulants comme l'alcool ou les drogues sur la sexualité féminine? Une femme m'a dit: «Lorsque je suis tendue, il me suffit d'un verre ou d'un joint pour me sentir à l'aise. Personnellement, je préfère la marijuana. Son avantage est qu'elle vous rend totalement intéressée à ce que vous faite. Vous devenez pleinement consciente de toutes les nuances de vos sensations.»

L'effet de l'alcool et des drogues dépend principalement de la quantité consommée. Lorsqu'ils sont consommés en trop grande quantité, autant l'alcool que les drogues ont tendance à supprimer la libido. Par ailleurs, beaucoup de femmes à qui j'ai parlé ont fait valoir la même chose: l'alcool et les drogues ont le grand avantage de diminuer les inhibitions qui compliquent souvent la réponse sexuelle.

## Voudra-t-elle, oui ou non?

Si vous êtes la «bonne» personne et que le moment et l'ambiance conviennent, selon vous tout au moins, comment pouvez-vous vous assurer que votre amie est consentante à faire l'amour? Comment allez-vous savoir si elle veut faire l'amour? La lecture des signes qui en témoignent fait aussi partie de la séduction.

Lire ces signaux est particulièrement difficile la première fois que vous faites l'amour. «Toutes les relations de nature sexuelle connaissent deux phases, affirme une ménagère de Boston, avant la première fois, et après la première fois.» Presque tous les hommes et femmes avec qui j'ai abordé ce sujet de «la première fois» m'ont parlé de leur première nuit d'amour avec un nouveau ou une nouvelle partenaire comme d'un mélange d'excitation et d'inquiétude. La première fois ne donne pas toujours des relations sexuelles satisfaisantes, même si psychologiquement elles peuvent avoir un côté enivrant. Pour la femme, cependant, la première fois sera rarement aussi satisfaisante que les relations sexuelles qui surviendront plus tard. Néanmoins, la première fois demeure très importante car elle dicte le ton des rencontres suivantes. En réalité, la manière dont vous vous tirerez d'affaire la première fois déterminera probablement s'il y a en aura une deuxième.

Le problème que les hommes rapportent le plus souvent au sujet de la première fois est celui de pouvoir établir si leur partenaire veut vraiment faire l'amour. Ironiquement, un des problèmes que les *femmes* avouent rencontrer lors de la première fois, c'est celui de décider si elles veulent faire l'amour. Il n'est donc pas surprenant que les hommes soient confus à ce sujet. Comment un homme pourrait-il savoir ce qu'une femme veut si *elle-même* demeure incertaine sur ses intentions.

Un avocat de Boston m'a confié: «Il m'a fallu longtemps pour me rendre compte que lorsqu'une femme dit non, il arrive qu'elle veuille dire: «Montre-moi à quel point tu me désires.» J'ai raté beaucoup d'occasions en me fiant à ce premier non. Beaucoup de femmes désirent être subjuguées par le désir d'un homme.»

«C'est frustrant», commente un courtier d'assurances de Hartford. «Vous commencez à vous consumer, elle commence à s'échauffer, vous avez l'impression que tous les deux vous brûlez du désir de faire l'amour. Puis quand vous commencez à avoir l'assurance que c'est une question de minutes, il se dresse un obstacle. Parfois ce sont ses mots, parfois ses gestes, parfois seulement une impression.»

Pour qu'une femme puisse savourer pleinement l'extase faite d'exploration et de découverte d'une première nuit d'amour, elle doit pouvoir se relâcher complètement, être tout à fait à l'aise, se sentir libérée de ses réserves et de ses inquiétudes.

De nombreuses femmes aiment devenir excitées, mais refusent d'aller jusqu'au bout. Ce qui peut sembler le signal qu'une femme veut faire l'amour peut ne signifier qu'un désir de ressentir de l'excitation. La nuance entre les deux reste très mince et parfois même imperceptible.

Le signe le plus fiable est le contact du regard. Les yeux sont véritablement les miroirs de l'âme, la préoccupation des poètes à travers les siècles pour les yeux des amants en constitue une preuve éloquente. Le grand poète italien Dante savait que les hommes et les femmes pouvaient en dire davantage avec leurs yeux qu'avec leurs bouches lorsqu'il a écrit au sujet de sa bien-aimée Béatrice: «Ses yeux avaient décoché leurs flèches dans mon cœur.»

Les femmes n'aiment pas répondre à une question directe comme: «Aimerais-tu faire l'amour?», comme le demandent certains hommes. «Faire l'amour devrait être comme la finale d'une sonate de Beethoven, m'a dit une jeune musicienne, la soirée devrait y mener imperceptiblement.»

Si vous voulez savoir jusqu'à quel point votre compagne est décidée, laissez tomber une insinuation et observez comment elle réagit avec ses yeux. L'allusion à l'amour qui réussit toujours, qu'il s'agisse ou non de la première fois, consiste à offrir un massage du dos. Si elle est intéressée, ses yeux vont se déplacer rapidement de votre côté et son regard contiendra à la fois un léger reproche et un intérêt espiègle. Vous reconnaîtrez ce regard en le voyant. Presque toutes les conversations, même sur des sujets apparemment innocents, peuvent fournir prétexte à des apartés judicieux et à des regards en coin.

Une autre situation révélatrice peut être le plancher de danse. Je me souviens que Fred Astaire disait de Ginger Rodgers: «Elle mimait toutes les phases de l'amour en dansant.» Je pense aussi à ce que ce jeune médecin de New Haven me disait sur la possibilité de «lire» les désirs sexuels d'une femme. «Lorsque nous allons danser, ma femme et moi, je m'aperçois toujours du moment où elle a envie de faire l'amour», m'a-t-il confié, tandis que sa ravissante épouse, assise de l'autre côté de la salle nous regardait avec un sourire qui en disait long. «Je le sens par le poids de sa main sur mon épaule, par un toucher brusque sur ma cuisse, par son regard lorsque je la serre contre moi pour les danses plus lentes.»

Lorsque vous dansez avec une femme, vous pouvez apprendre des choses qui vont bien au-delà de son désir de faire l'amour. Sur une piste de danse, une femme produit une véritable pantomime de son être sexuel. Je n'ai jamais connu une bonne danseuse qui ne faisait pas bien l'amour. Fait intéressant, les femmes disent la même chose des hommes. «Je peux regarder un homme danser pendant une minute et savoir exactement comment il se comporte au lit, m'a dit une femme. Que ce soit le mouvement de ses hanches, la façon dont il suit le rythme, la souplesse avec laquelle il se déplace, tout parle de son comportement amoureux.» Voilà un autre domaine où les hommes reçoivent une leçon. J'ai une autre raison d'aimer la danse. Si une femme ne se sent pas romantique quand elle monte sur le plancher de danse, elle le sera probablement au moment d'en descendre.

Naturellement vous n'avez pas à amener une femme danser pour vérifier la «chaleur» de sa réaction physique à votre égard. Sachez le détecter à la manière dont elle se presse «trop longtemps» contre vous, à la façon dont elle vous dit bonjour ou prend votre bras pour traverser la rue.

«Les baisers ne mentent jamais», disait une vieille chanson, et les femmes que j'ai interviewées semblent toutes d'accord. «Tout est dans la manière dont une femme vous embrasse», m'a dit un de mes amis qui semble avoir beaucoup de succès avec les femmes. «On ne devrait jamais avoir besoin de poser de questions.»

Voici un bref résumé du cours en interprétation de baisers que m'a offert cet ami. Si vous embrassez une femme avec enthousiasme, réagit-elle avec une ferveur équivalente? Plus important encore, ajoute-t-elle à l'intensité du baiser? Si vous lui donner un léger baiser, le reçoit-elle la bouche ouverte? Se sert-elle de sa langue la première? Si vous employez la vôtre, suit-elle volontiers? Si vous pouvez répondre positivement à une de ces questions, vous pouvez être assuré qu'elle désire aller plus loin. Mais jusqu'où? C'est une question à laquelle vous aurez une réponse en l'amenant, sans la brusquer, de plus en plus loin.

Si elle en veut davantage, elle va soit rendre ses signaux évidents ou simplement attendre la fois suivante. D'une manière ou d'une autre, vous aurez une autre chance. Si elle *ne veut pas* aller plus loin, mais que vous insistez, elle devra soit vous faire changer d'idée en vous repoussant clairement, soit subir une relation sexuelle qu'elle ne désire pas vraiment. Ce qui pourrait bien mettre fin à votre relation tout entière. Si vous forcez une femme à faire l'amour alors qu'elle n'est pas prête à le faire, vous aurez peut-être eu une relation sexuelle, mais que vous en ayez une ou non, il vous faudra beaucoup d'efforts pour la persuader ensuite que vous êtes la sorte d'homme avec lequel elle désirera poursuivre des fréquentations.

Si dès le départ, ou à un moment quelconque, votre compagne manifeste une résistance active, n'insistez pas. Son message est clair, elle veut vous connaître avant d'aller plus loin. Elle veut savoir si vous êtes la bonne personne. Obéissez à ce message, car l'ignorer ne serait que courir après l'embarras ou la colère.

Si le message n'est pas clair, c'est pour une bonne raison: elle reste incertaine. Là encore, ne brusquez rien: «Si vous avez un doute au sujet d'un signal, il faut l'interpréter comme étant négatif», ajoute mon ami. En d'autre mots, mieux vaut commettre une erreur dans le sens de la restriction que dans celui de l'insistance.

La manière la plus sûre reste encore de ne pas faire l'amour. Vous ne risquez pas d'essuyer un refus ou d'avoir à affronter le ressentiment qui suit un consentement donné à contrecœur. Comme dit le proverbe, dans le doute, mieux vaut s'abstenir. Ceci vaut également pour les situations où vous êtes nus tous les deux et déjà dans le lit. «Seulement un saint peut se retenir, rendu à ce stade, et je ne suis pas un saint», m'a dit un ami avec qui je parlais de cette situation. Il ne faut pas être un saint, il faut tout simplement se servir de sa tête. Et, soit dit en passant, cet ami qui affirme ne pas être un saint ne réussit pas très bien auprès des femmes.

Dites-lui doucement que vous désirez simplement vous coucher nu avec elle et sentir sa peau contre la vôtre. Lorsqu'il était célibataire, mon ami Ted avait une manière très personnelle de mettre à l'aise une amie un peu angoissée. Lorsqu'il se rendait compte d'une certaine nervosité chez la femme avec qui il était, il lui disait qu'il ne voulait pas qu'elle l'attaque, et qu'il accepterait de se coucher nu avec elle seulement si elle était prête à contrôler ses élans.

Encore une fois, il faut prendre son temps et ne jamais faire de pressions. Si vous êtes certain qu'elle ne veut pas faire l'amour, assurez-lui que même si vous avez enlevé vos vêtements, cela ne signifie pas que vous croyez devoir consommer l'acte sexuel. Le concept d'*obligation* n'existe pas en amour. Dites-le de bonne grâce, ne prenez pas un ton mélodramatique et ne jouez pas au martyr. Souvenez-vous que ce que vous recherchez c'est qu'elle *désire* faire l'amour. Si elle n'y consentait que par un sentiment de culpabilité ou de devoir, vous n'auriez pas alors fait l'amour mais seulement soulagé vos pulsions sexuelles.

Lorsqu'une amie hésitait à passer la nuit chez lui, Ted lui offrait son pyjama le plus confortable, lui donnait son lit, puis la bordait avec attention en lui souhaitant bonne nuit. Rien ne met une femme plus à l'aise et n'augmente autant vos chances pour une prochaine fois que de la rassurer calmement.

## La contraception

Si une femme éprouve de l'angoisse au sujet de la première fois, il se peut que ce ne soit pas faute de vouloir faire l'amour. Il se peut que ce soit quelque chose de plus spécifique. Si vous le pouvez, tentez d'isoler la source de l'inquiétude: essayez d'établir quelle crainte féminine fait obstacle.

Dans beaucoup de cas, la femme a peur de devenir enceinte. Commencez donc par lui demander si elle est protégée contre une grossesse. Le ton de votre voix aura de l'importance. Il devra témoigner de votre préoccupation, et ne contenir aucune exigence ou accusation.

Même si on trouve facilement de l'information sur le contrôle des naissances, beaucoup de femmes *ne sont pas* protégées, soit parce que la pilule a mauvaise réputation au plan médical ou que le stérilet peut poser des problèmes. Beaucoup de femmes utilisent le diaphragme, mais il serait faux de penser qu'elles en ont toujours un à portée de la main en cas de besoin. Porter un diaphragme ou en avoir un dans son sac indique qu'une femme *s'attend* à avoir des relations sexuelles. Beaucoup de femmes veulent à tout prix éviter cette dépendance psychologique, même s'il faut pour cela renoncer à toute protection.

Si une femme n'est pas protégée, vous avez d'autres possibilités en dehors de l'abstinence. Bien que le coït soit hors de question, la sexualité orale ne l'est pas. Un jeune homme du Vermont que je connais bien m'a raconté la situation dans laquelle il s'est trouvé lorsqu'une amie de Floride a attendu qu'ils soient tous les deux au lit pour lui dire qu'ils ne feraient pas l'amour. «C'était contre ses principes, m'a-t-il dit. Je lui ai répondu que ça ne faisait rien et j'ai eu la surprise de recevoir la meilleure fellation de mon existence. À mon tour, je l'ai caressée oralement et elle a adoré ça.»

Une option encore meilleure consiste à fournir vous-même le contraceptif. C'est là le meilleur moyen qu'un homme puisse prendre pour apaiser la crainte d'une grossesse. La femme sait alors que vous partagez ses sentiments concernant la possibilité d'une grossesse indésirée. Beaucoup de femmes sont vraiment exaspérées du fait que les hommes accordent souvent si peu d'importance aux risques impliqués.

La meilleure façon de faire savoir à une femme que vous vous souciez de ses problèmes est d'accepter d'atténuer votre plaisir dans le but d'assurer sa protection. Cela signifie habituellement l'utilisation d'un condom, ce que certains hommes considèrent avec mépris. Un barman de Los Angeles m'a dit: «Je déteste les condoms. En porter est tellement compliqué que ça vous enlève toute envie de faire l'amour. La femme reste là à attendre pendant que vous jouez avec votre pénis. J'aime mieux m'en passer.»

Une façon de sauver la situation est de demander à la femme d'enfiler le condom elle-même. La sentir dérouler gentiment le tube de latex le long de votre pénis en érection peut s'avérer sexuellement excitant pour vous deux. (Il pourrait être tout aussi excitant de lui aider à poser son diaphragme si elle en utilise un.) Si elle sait que vous le faites à cause d'elle, vous pouvez être assuré qu'elle ne changera pas d'avis durant le temps qu'il faut pour adapter un condom.

Si vous décidez d'utiliser un condom, n'ayez pas l'air pressé de l'employer. N'en placez pas un emballage sur votre table de chevet. Elle pourrait en déduire que vous les avez achetés pour sa visite, ou encore pire, que vous les gardez à portée de la main parce que vous en utilisez fréquemment. Deux possibilités qui n'ont rien de bien excitant pour une femme.

## L'excitation

Si les yeux ou le corps de la femme qui vous accompagne émettent des signaux favorables, que se passe-t-il? Si ses yeux ou toute autre partie de son corps disent «oui», l'étape suivante devient l'étreinte sexuelle. Vous avez conquis son esprit et son cœur. Il ne vous reste qu'à persuader son corps.

Si vous êtes seuls et que vous pouvez tenir la femme et la caresser tout en lui parlant, la séduction et l'excitation se produisent probablement chez elle en même temps. Cependant, en règle générale, beaucoup de femmes ne vous donnent pas la possibilité de les exciter avant de les séduire. Leur corps suit leur cœur, alors que c'est souvent l'inverse qui se produit chez les hommes.

L'excitation reste une affaire privée, et beaucoup de femmes se plaignent du fait que des hommes essaient de les exciter sexuellement en public, que ce soit par des caresses, des baisers ou d'autres attouchements. Elles perçoivent ce comportement beaucoup plus comme des agaceries que comme une affection physique véritable car, comme m'a mentionné une femme: «Ça ne mène à rien.» Les femmes ont tendance à se montrer beaucoup plus réservées que les hommes pour ce qui est des manifestations physiques, et un homme devrait toujours avoir cette différence à l'esprit avant de demander davantage qu'un baiser «fraternel» en public.

«Exciter une femme, m'a dit un jour Suzanne, c'est lui communiquer une démangeaison pour l'amour.» Je ne crois pas qu'on puisse trouver une meilleure définition. L'excitation commence dès l'instant où les deux corps se touchent et ne se termine qu'avec l'orgasme.

## Embrasser

Je connais beaucoup de femmes qui préfèrent coucher avec un homme qui sait embrasser plutôt qu'avec un athlète du sexe. Savoir embrasser occuperait une position élevée dans la liste des choses qui excitent vraiment les femmes. Celles-ci considèrent souvent les baisers comme une forme de communication.

«Si un baiser me dit quelque chose, tout le reste suit, m'a dit une étudiante de New York. Si un homme prend son temps et savoure chacun de ses baisers, je sens une chaleur qui m'envahit de partout et je sais que nous pouvons avoir une bonne relation sexuelle.»

Malheureusement, beaucoup d'hommes pensent qu'embrasser n'a pas d'utilité s'ils n'ont pas la bouche grande ouverte et la langue enfoncée dans le gosier de leur partenaire. Pour les femmes, embrasser représente une forme d'art beaucoup plus variée et raffinée. «J'aime bien embrasser avec la langue, mais quand c'est le temps, déclare une femme. Il faut que je sois vraiment stimulée pour pouvoir l'apprécier. J'aime me mettre en train par des petits baisers affectueux. Ceux-ci m'amènent lentement jusqu'au point où je sens naturel d'utiliser ma langue.» Cette opinion est d'ailleurs partagée par beaucoup de femmes à qui j'ai parlé.

Il faut donc considérer qu'il y a plusieurs stades lorsqu'on embrasse. Commencez les lèvres fermées. Embrassez votre partenaire doucement, chaleureusement. *Tendrement,* c'est un mot clé que j'ai entendu répéter par plus d'une femme: «Un baiser tendre reste l'excitant le plus efficace que je connaisse.» Après un certain degré d'excitation sexuelle, vous pouvez commencer à donner des baisers plus fermes, plus mouillés et plus rapides. Vous pouvez ensuite écarter vos lèvres et vérifier la réaction de votre amie en vous risquant à insérer la pointe de votre langue dans sa bouche et à toucher le bout de sa langue. Si vous retirez votre langue et qu'elle vous suit avec la sienne, aventurez-vous un peu plus loin la fois suivante. N'allez jamais trop vite; demeurez toujours conscient de ses réactions.

Donnez à la femme la possibilité d'initier le type de baiser qu'*elle* préfère: laissez-la écarter *vos* lèvres, laissez-la passer d'elle-même au stade suivant. Une bonne partie de l'attention que vous accordez aux sentiments d'une femme vous est retournée sous la forme de l'attention qu'elle porte aux vôtres.

## Déshabiller sa partenaire

Lorsque vous déshabillez une femme, la chose la plus importante est d'avoir pour son corps des gestes d'appréciation et d'affection. Comme la plupart des femmes sont très conscientes de leur corps, vous pouvez l'aider à se sentir à l'aise par un éclairage tamisé ou en n'allumant que des chandelles.

La meilleure approche consiste à débarrasser vous-même votre amie de ses vêtements. Faites-le lentement, en y prenant un plaisir évident, avant d'enlever les vôtres. Appréciez chaque partie de son corps au moment où elle paraît; ou mieux encore, posez-y délicatement les lèvres, sans dire un mot. Lorsque vient le moment d'enlever vos vêtements, permettez-lui de vous rendre la réciproque, mais continuez à centrer votre attention sur son corps.

Un homme m'a raconté que sa manière préférée de déshabiller représentait une variante de ce que je viens d'expliquer. Lui et son amie se couchent tout habillés et commencent à se caresser sans se dévêtir. Sa méthode fait en sorte que se déshabiller fait partie des préludes à l'étreinte sexuelle. Plutôt que de rompre la montée du désir sexuel en y effectuant une brisure pour enlever vos vêtements, conservez-le intact, ajoutez-y progressivement, tout en enlevant vos vêtements petit à petit. À ce moment crucial d'un rapport sexuel, votre attention doit se porter exclusivement sur votre partenaire.

## Les préludes à l'amour

Voici le sujet que les femmes mentionnent le plus souvent comme étant essentiel lorsqu'elles font l'amour. Un peu bizarrement, c'est aussi l'ingrédient dont elles déplorent le plus souvent l'absence.

Il est important de conserver en mémoire que ce qui est prélude pour une femme correspond souvent à une excitation directe chez l'homme. Si vous caressez doucement ses seins ou si vous taquinez son oreille avec la pointe de votre langue, ce ne sont pour elle que des prémices. Si elle agit de la même manière envers vous, vous aurez presque instantanément une érection. Et, naturellement, une fois que vous avez une érection, vous n'aurez qu'une idée en tête, tandis que votre compagne se sentira obligée de s'oublier pour réaliser votre idée fixe.

La synchronisation est un élément crucial des préludes amoureux. Du fait que les hommes deviennent excités plus rapidement et peuvent atteindre plus facilement l'orgasme, ils oublient souvent que les femmes ont besoin d'un laps de temps plus long. Nous ne savons pas exactement si ces différences sont biologiques ou psychologiques, mais, quelles qu'en soient les sources, elles existent vraiment.

Il en résulte que l'homme doit prendre l'initiative, particulièrement au début. Donnez du plaisir à votre partenaire pendant un certain temps sans rien attendre de spécifique en retour. Ceci permet à votre compagne de prendre une avance sur la route plus longue qui la mène à l'orgasme.

Nombreux sont les hommes à qui j'ai parlé qui croyaient qu'il existait une formule secrète pour les préludes à l'amour, un mot magique qui pouvait stimuler une femme sans toucher ses organes génitaux. «J'aime caresser une femme et me montrer tendre envers elle, m'a dit un jeune médecin. Cependant, si je ne mets pas ma main dans sa culotte pour voir si elle mouille, comment vais-je savoir qu'elle est stimulée? Quant à moi, mon excitation est visible. Il suffit qu'elle regarde le gonflement dans mon pantalon. Comme il me faut la caresser avec mon doigt pour m'en rendre compte, je ne suis pas en mesure de dire si c'est la tendresse ou le toucher de mon doigt qui l'excite.»

Le dilemme exprimé par ce médecin est typique. Tellement d'hommes semblent croire qu'il n'existe que deux zones érogènes chez la femme. Ceci, alors que la vérité est tout autre et que les femmes représentent de véritables mines d'or de sensibilité sexuelle. Il n'y a pas une parcelle de leur corps qui ne puisse ressentir une excitation sexuelle si l'atmosphère est propice et votre toucher adéquat.

«J'ai entendu des hommes parler de leur pénis, m'a dit une serveuse dans un restaurant de Hartford. C'est justement comme ça que je me sens sur tout le corps quand je suis véritablement excitée: tout à fait comme un grand pénis. La bonne caresse *n'importe où* me rend folle.»

Les caresses préliminaires peuvent impliquer presque toutes les parties du corps; il n'y a pratiquement pas un centimètre carré qui n'ait de potentiel érotique. Selon moi (et beaucoup d'hommes partagent cette opinion), être un «amant exceptionnel» signifie explorer tous les potentiels sexuels de la femme et savoir trouver plaisir dans chacun d'eux.

Par où doit-on commencer? Chaque femme a son point sensible, une zone où elle est très sensible et facilement excitable. Explorez donc son corps, allez à la découverte de ce petit coin secret. Vous le trouverez dans les oreilles (en particulier le lobe), la bouche, le nez ou le cou. J'ai connu des femmes qui avaient des frissons d'excitation quand on leur massait gentiment les mains ou les pieds.

Essayez des combinaisons imaginatives. Plutôt que de simplement l'embrasser sur la bouche, tentez de lui toucher les lèvres avec votre doigt, ou de lui masser les doigts l'un après l'autre avec votre bouche. La même chose peut se faire pour les orteils.

## Les seins

Certains endroits sont plus sensibles que les autres. Les seins sont de ceux-là. Les Nord-Américains sont extrêmement préoccupés par la poitrine des femmes, ils en font pratiquement un culte. Toutefois, les femmes que j'ai interviewées se sont souvent plaintes du fait que les hommes ne savent pas comment traiter les seins.

Une d'entre elles m'a fait ce commentaire: «En général, les hommes manquent complètement de savoir-faire. Ils tiennent dans leurs mains la partie qui peut le mieux stimuler une femme et qu'est-ce qu'ils font? Ils les pressent trop fort, les mordent, les accrochent, bref, ils font tout sauf ce qui permettrait qu'on se sente bien. Les hommes sont brutaux.»

Caresser la poitrine d'une femme est un art, un art délicat. Du fait que la sensibilité de ses seins varie d'une semaine à l'autre, selon les changements de nature hormonale dans son corps, il faut toujours se montrer sensible aux réactions d'une femme. La marge entre douleur et plaisir est souvent mince.

Commencez par caresser les seins délicatement en passant votre main légèrement au-dessus des mamelons. Variez constamment la direction et la pression de votre geste pour que cela ne devienne pas irritant. Les mamelons devraient commencer à se dresser. Lorsque cela s'est produit, pressez-les un à la fois dans le creux de votre main. Faites maintenant un geste lent et circulaire avec votre main. La friction produira un plaisir exquis et l'érection du mamelon sera complète.

Vous cherchez à opérer par stade, chacun devant être plus stimulant et plus audacieux que le précédent? Il ne faut jamais se précipiter et agir trop rapidement. La phase suivante consiste à prendre le bout du mamelon avec vos lèvres, le lécher et le sucer alternativement. Durant ce temps vous devez continuer à masser les seins avec une fermeté croissante (mais sans jamais presser trop fort). Certaines femmes aiment bien que vous utilisiez vos dents pour mordiller le bout du mamelon.

Le moment où vous approchez votre visage des seins a quelque chose de spécial pour une femme. Savourez ce moment délicieux. La plupart des femmes trouvent stimulant le contact de leurs seins avec la bouche d'un homme. «Je crois que c'est un des moments clés d'une relation sexuelle, m'a fait remarquer une ménagère. Pour une raison ou pour une autre, il n'y a rien de plus sexy que d'avoir la tête d'un homme entre vos seins, son souffle sur vos mamelons, sentir ses cheveux contre vous.»

Lorsqu'il s'agit de stimuler une femme, il n'y a rien de mieux que la tendresse. Que vous l'embrassiez, lui enleviez ses vêtements, caressiez sa poitrine, ou exploriez son corps, certaines femmes voudront prendre l'initiative. Si vous jouez correctement le jeu de la séduction, vous pouvez devenir tous les deux les gagnants et en partager la récompense: faire l'amour.

# VII

# Se parler

J'étais dans un restaurant avec une femme ravissante quand soudain elle chuchota, tellement fort que le chef dut l'entendre: «Clint Eastwood est ce qui est arrivé de pire dans ma vie amoureuse!» Elle était tellement en colère que j'ai eu peur qu'elle ne lance son dessert à la tête du serveur, mais ce dernier l'avait entendu et resta prudemment à l'écart.

«Jennifer», lui dis-je, en essayant de conserver mon calme alors que tous les gens du restaurant nous regardaient, «quel est ton problème? Est-ce Dennis?» Dennis était l'homme qu'elle fréquentait depuis quelques mois. Je les avais présentés l'un à l'autre et me réjouissais qu'ils semblent bien s'entendre. Je m'attendais à ce que Jennifer me parle de mariage, plutôt que d'une vedette de cinéma.

Elle commença à me raconter les dommages terribles que Clint Eastwood avait causés à sa vie sexuelle avec Dennis. Apparemment, ce dernier avait appris ses «manières d'alcôve» en visionnant les films de Clint Eastwood: en particulier ceux dans lesquels il campe un personnage de vagabond, de tueur, de cow-boy ou de prisonnier, toujours fort, silencieux et sexy.

Jennifer n'avait rien contre le côté fort, mais le côté silencieux la rendait folle. «Nous passons une soirée entière à parler, puis soudainement, aussitôt que nous passons aux jeux sexuels, il se referme. Et il ne dit pas un seul mot avant le lendemain matin. Il pense qu'un homme qui ne dit rien est sexy. Je crois qu'il est malade.»

L'amant «fort et silencieux» est peut-être l'exemple qui montre le mieux à quel point les hommes connaissent mal ce que recherchent les femmes. Tout comme Don Juan et Casanova, l'amant fort et silencieux est davantage le produit de l'insécurité sexuelle des hommes que de l'imagination des femmes; il faut y voir ce que les hommes *pensent* que désirent les femmes, non pas ce qu'elles désirent réellement. «Les hommes semblent incapables de desserrer les dents dès qu'ils entrent dans un lit», se plaint une femme professeur. «Ils deviennent obsédés par leurs organes génitaux, par la poursuite de l'orgasme. Leur compagnie n'est guère plus divertissante que celle du Capitaine Achab pourchassant Moby Dick.»

Il y a bien sûr quelques femmes qui préfèrent la sexualité brute, ce que certaines appellent «l'amour bestial». Confondant silence et passion, elles veulent de l'action et non des mots. Cependant, pour la majorité des femmes, se parler, communiquer verbalement, constitue une part essentielle d'une sexualité riche.

En fait, les mots peuvent être le plus puissant des aphrodisiaques. Ils restent indispensables au processus de séduction et d'excitation, ils peuvent intensifier la satisfaction physique elle-même, ils peuvent aussi permettre cette intimité chaleureuse «d'après l'amour» qui a tant d'importance pour les femmes. Avec une telle diversité et un tel potentiel, on doit se surprendre que la communication verbale soit tellement négligée. Une femme qui a beaucoup voyagé m'a dit: «Les Irlandais peuvent vous donner un orgasme seulement en vous parlant.»

Pourquoi les hommes américains sont-ils si silencieux? C'est en partie à cause de l'image des John Wayne/Gary Cooper/Clint Eastwood contre laquelle pestait mon amie Jennifer. C'est probablement dû, encore davantage, à leur insécurité lorsqu'il s'agit de parler: la peur de dire des sottises. Je pense que beaucoup d'hommes ont encore à l'esprit ce vieux proverbe: «Mieux vaut se taire et passer pour un imbécile que d'ouvrir la bouche et confirmer les doutes.» Quelles qu'en soient les raisons, beaucoup d'hommes restreignent leurs talents amoureux en évitant d'exprimer verbalement leur amour ou leur tendresse.

## Avant l'amour

De toute évidence, le sujet le plus approprié pour une conversation d'alcôve reste l'amour. Si vous manquez de confiance dans votre vocabulaire sur le sujet, faites ce que faisaient les soupirants de la Renaissance: empruntez vos mots aux poètes. Sans en faire tout un plat, si vous aimez un poème, offrez de le lui dire, et demandez-lui à son tour de vous lire son poème favori. Si elle partage votre goût pour cette activité, reprenez-la sur une base régulière.

Une de mes amies, qui vit en ménage depuis quinze ans, est encore heureuse lorsque son mari lui fait la lecture en fin de soirée. Il ne s'agit pas toujours de poésie. Parfois il lui lit quelques pages d'un roman, parfois ils se partagent tous les deux la lecture.

## Durant l'acte sexuel

Le lit reste l'endroit où il est le plus important de communiquer, d'exprimer ses sentiments. Cette affirmation peut surprendre beaucoup d'hommes qui ont l'habitude de se refermer comme des huîtres dès qu'ils entrent sous les couvertures, mais la presque totalité des femmes que j'ai interviewées ont exprimé leur désir d'une meilleure communication durant les relations sexuelles.

Communiquer durant l'acte sexuel signifie davantage que prononcer des mots. Parler à une femme pendant que vous faites l'amour avec elle signifie que vous la considérez comme une personne et non comme un simple objet de satisfaction sexuelle. Les femmes aiment que les hommes se préoccupent de leurs sentiments et de leurs réactions, tout au long de leurs relations sexuelles. Lorsque vous encouragez une femme à exprimer ses sentiments, vous lui signifiez l'importance que vous leur accordez; vous lui prouvez que vous n'êtes pas centré exclusivement sur vous-même et sur votre plaisir, mais que ses réactions ont pour vous de l'importance.

«Quelques mots bien placés peuvent faire un monde de différence», m'a dit une divorcée de New York, dans la trentaine. «Ils ajoutent une dimension importante à la sexualité, c'est un peu comme s'ils donnaient des prolongements à l'orgasme.»

Les meilleures choses à dire portent sur ce que vous appréciez le plus chez votre partenaire. Abordez des sujets personnels, mais ne parlez pas de ce que vous faites ou de ce que vous allez faire. Le faire équivaudrait à commenter, ou à décrire vos gestes. Dites-lui à quel point vous vous sentez bien, dites-lui ce qui vous fait le plus plaisir. Gentiment, sans rien brusquer, donnez-lui des suggestions si elle le demande. Encouragez-la toujours, n'exigez jamais.

Si vous n'êtes pas habitué à parler durant l'amour, prenez conseil auprès des hommes des autres pays. «La différence la plus marquée entre les Américains et les Italiens, mentionne une dessinatrice de mode italienne, réside dans la verve des Italiens. Pour eux, l'amour ne serait rien sans les paroles, généralement des chapelets de compliments enflammés: *«Sei divina»*, *«Sei stupenda»*, *«Amore mia»*, *«Sei la piu bella donna del mondo»*. Prononcés en plein jour, ces mots peuvent sembler exagérés, mais dans l'éclairage particulier d'une relation sexuelle, ils tombent dans des oreilles réceptives. La femme italienne *sait* que ces compliments sont exagérés, mais s'attend à les entendre, et y prend plaisir.

Les paroles prononcées durant l'amour ont un rôle qui dépasse la seule tendresse. Se parler dans ces moments-là peut rendre une relation sexuelle plus harmonieuse en informant les deux amants de ce qui leur donne du plaisir.

Certaines femmes sont excitées par des demandes sexuelles explicites, alors que d'autres en sont intimidées. Il faut donc vérifier. «Si un homme ne me dit pas ce qu'il veut, comment pourrais-je le savoir?» se demande une bibliothécaire de Phoenix, dont la beauté défie tous les stéréotypes des caricaturistes. «Après tout, son corps est différent du mien. Il ne doit pas s'attendre à ce que je lise ses pensées. Il est bon de savoir ce qui fait plaisir à un homme.»

La plupart du temps, il convient de dire à une femme ce qui vous procure du plaisir tout en l'encourageant à vous communiquer ses propres suggestions. Il n'y a aucune raison qui puisse justifier que l'on se limite aux exclamations ou aux gémissements. Ces derniers ne permettent pas de savoir que votre partenaire souhaite un mouvement plus rapide, préférerait une autre position, ou même voudrait changer de côté de lit.

«Il y a quelque chose de rassurant dans le fait qu'une femme communique ses plaisirs, m'a dit un homme. C'est comme si elle était à une tour de contrôle et qu'elle vous guidait pour un atterrissage en douceur. Elle vous dit: «J'aime quand tu fais cela», «N'arrête pas», ou encore «Embrasse-moi ici». Les femmes tout autant que les hommes apprécient de pouvoir communiquer pendant qu'elles font l'amour.

Qu'en est-il du «langage ordurier»? Certaines femmes détestent les expressions grossières, tandis que d'autres les adorent. Il arrive que des femmes de qui on n'attendrait pas ce comportement soient profondément excitées par des expressions crues: «Suce-moi», «Fais-moi jouir», «Je vais t'enfoncer», et d'autres de même acabit.

Il y a une autre forme de communication qui est presque aussi pire que le silence. «Il n'est pas intéressant de coucher avec une pie, m'a dit une femme, un de ces hommes qui commencent à parler dès que le premier bouton est détaché, et que rien ne peut arrêter.»

Une autre femme m'a raconté l'expérience suivante: «Il y a quelques années, j'ai passé la nuit avec un journaliste. Quel désastre! Nous étions à peine au lit qu'il a commencé son reportage en direct. Dans le genre: «Je fais ceci, pendant que tu me fais cela. J'ai maintenant telle sensation et tu dois ressentir telle chose. Maintenant je vais te faire telle caresse.» J'avais l'impression d'écouter la description d'une course automobile à la radio. Il était incapable de laisser l'évidence parler d'elle-même.» Une femme de Los Angeles m'a fait un commentaire similaire. «Si je désire un commentaire détaillé, j'aimerais pouvoir le commander à l'avance et non le subir, ou encore je coucherais avec un annonceur des nouvelles télévisées.»

## Après l'amour

Sur ce point, les besoins féminins et la performance masculine sont à l'opposé. Pour beaucoup de femmes, la période qui suit immédiatement une relation sexuelle constitue la partie la plus délicate de tout le cycle amoureux. «C'est un peu cocasse, m'a dit une femme, mais il me faut 5 à 10 minutes après un orgasme pour savoir si j'ai aimé une relation sexuelle. Ces quelques minutes font toute la différence. Elles peuvent rendre une relation sexuelle banale extraordinaire ou, au contraire, atténuer un plaisir intense et le rendre ennuyeux.»

La *pire chose* qu'un homme puisse faire immédiatement après l'amour est de se retourner et de s'endormir sans dire un mot. Voici le moment où communiquer, échanger quelques mots, devient essentiel à la satisfaction qu'une femme retire. Ce que vous dites importe peu. Les femmes ne recherchent pas tellement les compliments (bien qu'ils soient toujours bien accueillis). Pour une femme, la chose qui importe le plus au cours de ces quelques minutes, c'est de pouvoir ressentir un sentiment d'acceptation et d'intimité. Elle veut qu'on lui démontre que ce qui vient de se passer avait de l'importance.

Si vous avez sommeil, des mots tendres feront savoir à votre partenaire que vous êtes «présent». Si vous vous sentez éveillé, l'intimité d'une relation sexuelle dégage l'atmosphère propice au partage des émotions, aux confidences ou à l'évocation des souvenirs d'enfance, à des anecdotes du passé, à des blagues, finalement à tout ce que peut déclencher l'état de lucidité qui suit une relation sexuelle.

Les problèmes reliés à la sexualité constituent le seul sujet qu'il ne faut pas aborder à ce moment-là. Si vous désirez parler d'un sujet relié à la sexualité, attendez et soulevez la question dans un contexte autre que celui-là; au cours de la journée, durant un repas, en vous rendant au cinéma, enfin à n'importe quel moment où le sujet de la sexualité n'est pas menaçant. «S'il y a une chose que je déteste, affirme une résidente de New Haven, c'est une analyse immédiatement après une relation sexuelle. Pendant un certain temps, j'ai fréquenté un homme qui avait l'habitude de faire un *post-mortem* après chaque étreinte. Il employait même le mot *post-mortem*. Il disait: «Faisons un *post-mortem* de ceci, ou de cela», et il passait en revue ce que nous avions fait de bien ou de mal. Il me faisait rager à chaque fois et je devais sortir de la chambre.»

«Se parler, c'est plus que prononcer des mots», m'a dit en cours d'entrevue une femme qui représente le rêve de plusieurs hommes: ex-mannequin, devenue responsable de la comptabilité pour une grande agence de publicité. Lorsque nous avons abordé le sujet de la communication, elle m'a dit avec une ferveur presque religieuse: «La parole est un *lubrifiant*. Elle facilite n'importe quoi: la séduction, l'excitation, les préludes amoureux, et même l'imagination. La conversation facilite l'appréciation d'un homme, le flirt verbal rend l'amour plus facile, les mots d'alcôve facilitent une relation sexuelle. Je ne pense pas que je pourrais me passer de parler avec mon amant, me passer de la sensation que j'éprouve quand un homme me tient des propos intimes.»

# VIII

# Les techniques

*Savez-vous ce qui distingue les hommes des adolescents? Les adolescents sont ceux qui sautent littéralement dans le lit et qui se mettent immédiatement à l'œuvre en essayant de prouver quelque chose. Ils veulent montrer qu'ils peuvent avoir une érection, qu'ils peuvent la conserver, enfin ils sont pris par toutes ces préoccupations adolescentes provenant des magazines et des films pornos. Les hommes sont différents. Ils n'essaient pas de prouver quoi que ce soit. Tout se passe tellement naturellement avec eux.*

*— Une femme écrivain*

Oublions donc la performance. Essayons d'oublier l'image du play-boy, du Casanova, du «tombeur de femmes» que véhicule la publicité destinée à nous vendre un peu n'importe quoi, depuis les blue-jeans des couturiers jusqu'aux savons désodorisants. Lorsque vous vous retrouvez dans un lit avec une femme qui vous plaît, cette image ne facilite rien et ne peut que compliquer les choses.

Premièrement, une femme peut détecter immédiatement si vous essayez de satisfaire *vos* besoins plutôt que *les siens*. «Franchement, m'a dit un mannequin new-yorkais, je déteste coucher avec un homme qui se considère irrésistible. Vous l'observez et vous le voyez agir comme s'il était devant un miroir. Tout ce qu'il fait est destiné à sa propre satisfaction, pas à la vôtre. Les acrobates, les supermâles, ce n'est que du vent, de la poudre aux yeux.»

Évidemment, chercher la performance ne sera pas seulement détestable pour la femme, mais il est probable que vous allez *vous-même* souffrir d'inhibitions. Si vous entrez dans le lit en pensant que vous avez quelque chose à prouver à un auditoire invisible, vous aurez de sérieux problèmes. La femme ne se sent pas elle-même impliquée mais se voit dans un rôle, alors que vous avez vous-même l'impression d'être sur une scène de Broadway un soir de première avec une salle remplie de critiques. La pression qui en résultera suffirait amplement à garder un homme impuissant durant plusieurs jours.

Il n'y a pas que le fait d'utiliser le lit pour tenter de prouver quelque chose qui déplaise à une femme. Très souvent, c'est ce que vous essayez de prouver qui déplaît le plus. Très peu de femmes apprécient des rapports sexuels «rapides, fréquents et fébriles». C'est plutôt le contraire. On doit faire l'amour lentement, et avec beaucoup de sensibilité. «Faire l'amour de manière réussie demande plusieurs conditions: attirance, affection, toucher, partage, remarque une femme. Quand toutes ces conditions se trouvent réunies, c'est divin!»

Quand l'amour est réussi, c'est un acte d'une grande plénitude. Une personne entière s'unit à une autre également entière pour créer un lien global. Il en résulte respect mutuel, affection, tendresse, communication, autorité et confiance en soi. On ne devrait jamais accepter que la sexualité ne devienne qu'une simple satisfaction physique. Les femmes s'en contentent rarement. Il doit s'agir davantage d'un engagement, que ce soit pour une nuit ou pour le reste de son existence. Vous ne pouvez véritablement faire l'amour à une femme que lorsque les deux s'impliquent totalement.

Faire l'amour reste, en partie du moins, une habileté qu'il faut développer (le mot *art* conviendrait mieux). Il s'avère grandement utile d'avoir une maîtrise complète des techniques impliquées et il est nécessaire de les pratiquer. Quel que soit votre degré d'attachement à une femme, la maladresse peut devenir un obstacle de taille lorsqu'il s'agit de faire l'amour. J'ai dressé une liste des techniques les plus souvent mentionnées lors de mes entrevues.

## La masturbation et la sexualité orale

«J'aime beaucoup le coït, m'a dit une avocate de San Francisco. Cependant ce que j'aime le plus, c'est qu'un homme me caresse avec ses doigts ou sa langue. Je trouve cela agréable pour plusieurs raisons. C'est relaxant, psychologiquement rassurant en même temps que cela aide la sécrétion vaginale et permet une concentration sur les zones essentielles, particulièrement le clitoris. Tellement d'hommes pensent que les femmes se soucient du temps qu'ils peuvent se maintenir en érection au cours d'une relation sexuelle. Si un homme savait véritablement se servir de ses doigts et de sa langue, je serais presque prête à renoncer à la pénétration.»

Notre culture met tellement d'emphase sur la pénétration que la plupart des hommes ignorent tout simplement qu'il ne s'agit pas de la meilleure façon de donner un orgasme à une femme. La majorité des femmes ont besoin d'une stimulation du clitoris pour atteindre l'orgasme et, sous ce rapport, la pénétration n'est pas, quelle que soit la position, la meilleure façon de stimuler le clitoris. Les doigts et la langue sont des instruments beaucoup mieux appropriés tout en étant beaucoup plus contrôlables.

Ceci ressort clairement des statistiques. Selon un récent sondage réalisé par deux médecins du Michigan, Donna Wilcox et Ruth Hager, seulement 41,5% des femmes peuvent atteindre l'orgasme par la seule pénétration. Le *Rapport Hite* sur la sexualité féminine, une étude compilée en 1976 par Shere Hite et portant sur l'ensemble des États-Unis, contenait des chiffres encore plus pessimistes quant à l'efficacité de la pénétration. Ce rapport précise que seulement 30% des femmes peuvent atteindre l'orgasme par la pénétration seule. Shere Hite rapporte également que les orgasmes qui se produisent durant le coït sont «légers», «moins foudroyants» et «plus doux» que ceux qui résultent de la masturbation, du cunnilingus ou de toute autre méthode n'impliquant pas la pénétration.

## La masturbation réciproque

Bien que la plupart des gens considèrent la masturbation comme une pratique essentiellement privée, il s'agit d'un moyen extrêmement efficace pour satisfaire une partenaire sexuelle. Commencez par toucher toutes les parties de son corps: ses seins, ses mamelons, son ventre, son bassin, l'intérieur de ses cuisses, enfin partout. Attendez que son corps soit bien détendu avant de toucher la zone vaginale. La partie la plus sensible de la vulve est, bien entendu, le clitoris. C'est pour cette raison que vous ne devez pas vous y rendre directement. Commencez par caresser les lèvres intérieures de chaque côté du clitoris. Vous pouvez également recourir à des caresses circulaires tout autour du clitoris. Une autre façon de la stimuler indirectement est de déplacer vos doigts à l'intérieur des petites lèvres dans la zone située immédiatement en dessous du clitoris, de façon à tendre ce dernier. Toutes ces pratiques devraient lubrifier le clitoris et le préparer pour une stimulation plus directe.

S'il ne se trouve pas suffisamment de lubrification naturelle (il n'y a aucune glande lubrifiante dans le voisinage immédiat du clitoris; la lubrification doit atteindre le clitoris à partir du vagin lui-même), vous pouvez utiliser votre salive. Le geste de prendre de la salive dans votre bouche et de l'appliquer contre son clitoris excite plus d'une femme. Vous pouvez aussi utiliser une lotion non parfumée ou une gelée. Les lotions parfumées irritent les tissus sensibles. La gelée de pétrole est difficile à faire disparaître mais a l'avantage de conserver son effet lubrifiant plus longtemps.

## La sexualité orale

S'il est une pratique sexuelle que les femmes voudraient voir plus fréquente, c'est bien la sexualité orale. En réalité, bien que certains l'ignorent, la sexualité orale est extrêmement répandue en Amérique du Nord et les femmes la pratiquent aussi souvent que les hommes. L'enquête faite en 1975 par le magazine *Redbook* a démontré que 90% des femmes de moins de 40 ans et 80% des femmes de plus de 40 pratiquent la sexualité orale. Mieux encore, il n'y avait qu'une légère différence entre le nombre de femmes qui pratiquaient la fellation et celui des hommes qui pratiquaient le cunnilingus. De toutes les femmes entre 20 et 39 ans, 91% avaient expérimenté la sexualité orale à la fois activement et passivement.

«Mes meilleurs orgasmes sont toujours ceux provoqués par la sexualité orale, m'a dit une de mes amies qui est mannequin. Les sensations sont tellement plus vives, beaucoup plus contrôlées. Cela me permet de sentir que mon amant ne veut pas seulement se satisfaire sexuellement, mais qu'il cherche vraiment mon intimité.» Selon ma propre expérience, presque toutes les femmes aiment que les hommes leur fassent des caresses buccales ou manifestent une attente à cet égard. Cela même dans les cas où elles ne seraient pas prêtes à faire la fellation en retour.

Le problème est que très peu d'hommes savent pratiquer le cunnilingus. Parmi les hommes que j'ai questionnés, même parmi les plus actifs sexuellement, plus de la moitié ont admis que le cunnilingus les rendait mal à l'aise. Un d'entre eux l'a même décrit comme une «tâche ingrate qui se comparait à manger un artichaut».

Même les hommes qui savent comment pratiquer le cunnilingus le font souvent pour les mauvaises raisons. «Certainement que je suce les filles, m'a dit un travailleur de la construction de Colombus. Je la caresse en premier, ensuite c'est à son tour de me le faire.» Si vous considérez la sexualité de la même façon, vous auriez avantage à réévaluer votre opinion. Si vous pratiquez la sexualité orale en visant la réciprocité, votre partenaire s'en apercevra toujours. Elle en sera peut-être *physiquement* satisfaite; les organes génitaux conservent leur sensibilité, peu importe la motivation pour laquelle on les excite. Mais elle ne sera pas satisfaite *émotivement*. Pour parvenir à cela, la sexualité orale exige votre implication à la fois émotive et physique. Votre partenaire doit pouvoir ressentir que vous y prenez plaisir, que cela vous stimule sexuellement, et non pas que vous lui créez une dette qu'elle devra rembourser.

Pourquoi certains hommes sont-ils aussi réticents devant la sexualité orale? Qu'y trouvent-ils de répugnant? «On parle souvent des femmes qui n'aiment pas caresser un homme oralement, remarquait une amie. Je crois cependant que c'est l'inverse qui est vrai. Les hommes ont beaucoup plus de réticence face à la sexualité orale que les femmes et ils ne savent pas comment régler leur problème.»

La principale crainte des hommes est que les sécrétions vaginales peuvent s'avérer être d'une odeur ou d'un goût désagréable. Et il est vrai que, tout comme l'éjaculation a un goût plus amer chez certains hommes que chez d'autres, les sécrétions ont, chez certaines femmes, un goût plus prononcé que chez d'autres. «Le goût ou l'odeur d'une femme peuvent avoir quelque chose d'extrêmement excitant, affirme un de mes amis de Chicago. Néanmoins, si le goût ou l'odeur est trop prononcé, cela peut devenir un véritable repoussoir. Tout dépend de chaque femme.»

Les odeurs présentent un problème psychologique autant pour les femmes que pour les hommes. «Je crois que beaucoup de femmes sont trop conscientes d'elles-mêmes lorsqu'il s'agit de sexualité orale, m'a dit un jeune Newyorkais, particulièrement si leur partenaire cherche à les caresser oralement. Elles considèrent, pour quelque raison, que c'est sale ou que ce n'est pas vraiment agréable pour un homme, cela même si l'homme pense que le sexe de la femme est le plus puissant excitant du monde.»

Pour beaucoup de femmes, la sexualité orale avec un homme n'équivaut pas à la sexualité orale avec une femme. Pour elles, il ne s'agit pas de la même chose. Elles ne croient donc pas qu'il soit juste de demander à un homme de pratiquer la sexualité orale avec elles en retour de la fellation. Les hommes croient à leur tour que les femmes se sentent mal à l'aise et ils attendent qu'elles le demandent. Cependant, les femmes ne le demandent pas, en partie parce qu'elles n'aiment pas prendre l'initiative de ce genre d'activité sexuelle et aussi parce qu'elles pensent que les hommes trouvent le cunnilingus répugnant. Il appartient donc à l'homme de rassurer sa compagne quant au fait qu'il *désire* pratiquer le cunnilingus. C'est à lui de communiquer qu'il le fait autant pour son propre plaisir que pour elle.

Si vous n'avez aucune expérience de la sexualité orale, vous passez à côté d'un des plaisirs de l'amour. Si vous êtes craintif, prenez tout votre temps. Vous pouvez vous assurer que votre partenaire est propre en suggérant de prendre un bain ensemble avant d'aller au lit. Une bonne idée serait de ne pas commencer avec une partenaire que vous connaissez depuis peu. Il est beaucoup mieux d'essayer de le faire une première fois avec une personne avec qui vous êtes à l'aise et, ce qui est tout aussi important, avec une personne qui appréciera que vous lui prodiguiez des caresses buccales. «Le cunnilingus en est au point où était le baiser au siècle dernier», estime un professeur de Harvard qui étudie les mœurs sexuelles modernes. Beaucoup de femmes y résistent, à moins qu'elles ne se trouvent avec le bon partenaire.»

Bien pratiquer la sexualité orale reste chose difficile pour beaucoup d'hommes. Ils essaient de donner du plaisir à une partie du corps de la femme qu'ils connaissent très peu (le clitoris et le pénis se comparent difficilement). «C'est un territoire inconnu qu'elles ont entre les jambes», m'a dit un homme qui a pourtant une bonne expérience de la sexualité. «Peu importe le nombre de fois que vous avez pratiqué la sexualité orale, chaque femme est bâtie différemment et a ses réactions particulières. La même caresse peut faire grimper une femme dans les rideaux, en mettre une autre mal à l'aise, et endormir la troisième.»

Du fait que vous ne pouvez pas savoir d'avance ce qui sera perçu comme agréable et ce qui ne le sera pas, vous devez surveiller de très près les réactions de votre partenaire. Débutez lentement et cherchez une réaction favorable. Si elle apprécie, sa réaction ne se fera pas attendre. Sa respiration va s'accélérer, elle va resserrer son étreinte, son corps va se rapprocher de vous, tous ces gestes vous encourageant à continuer. Dès qu'elle devient excitée, vos mouvements peuvent devenir plus rapides et plus pressants. Soyez toutefois attentif pour ne pas aller trop loin ou exercer une pression trop forte. Synchronisez les mouvements de votre langue de manière à suivre le rythme de ses poussées.

«La sexualité orale ressemble à une étreinte sexuelle», m'a répondu une publiciste d'une agence de New York. «Les partenaires cherchent à harmoniser leurs corps, à harmoniser leurs mouvements, à accentuer l'impression que leurs deux corps se fondent l'un dans l'autre.» Il y a des leçons à prendre de la fellation, entre autres qu'il faut se montrer délicat. Vos dents peuvent blesser la femme tout autant que les siennes quand elle vous caresse, sinon davantage. Par ailleurs, il est important de varier le mouvement. Embrassez généreusement, sucez gentiment, et utilisez le plus possible votre langue pour lécher, pousser, tâter.

Commencez par lui donner quelques baisers délicats le long des cuisses, tout en vous rapprochant régulièrement de ses organes génitaux. Bien que vous visiez à atteindre le clitoris, ne vous y attachez pas tout de suite, car cela pourrait s'avérer désagréable ou même douloureux. Embrassez toute la surface du vagin, en prêtant une attention spéciale aux lèvres.

Ce n'est qu'au moment où le vagin est mouillé que vous touchez le clitoris. Assurez-vous de donner autant d'attention au prolongement du clitoris qu'au clitoris lui-même. Car si le clitoris demeure sensible, l'approcher indirectement en caressant sa tige avec la langue plutôt que son gland permet d'éviter de faire souffrir en voulant communiquer du plaisir. La friction de la langue mènera certaines femmes à l'orgasme bien avant que le pénis n'intervienne, et plusieurs d'entre elles trouvent cet orgasme plus intense.

Si vous ressentez de la nervosité à l'idée de faire le cunnilingus pour la première fois, choisissez la bonne partenaire et le bon moment, puis essayez ce truc: mouillez quelques doigts dans ses sécrétions vaginales, puis places-les gentiment entre vos lèvres et les siennes, et embrassez-vous. Ce simple geste, qui vous met en contact avec le goût et l'odeur du vagin, peut vous rapprocher rapidement de sa source.

Bien que la langue ait un rôle central dans la sexualité orale, ce n'est pas une raison pour ne pas utiliser vos mains.

Vous pouvez caresser son clitoris pendant que vous embrassez ses cuisses, ou encore masser ces dernières pendant que votre langue caresse son clitoris. Une femme m'a confié qu'elle était devenue folle de plaisir lorsque son amant avait inséré quelques doigts dans son vagin pour y prendre du lubrifiant dont il avait enduit son clitoris pour ensuite stimuler ce dernier avec sa langue tout en replongeant ses doigts dans son vagin.

## Les positions

Il est grandement temps que quelqu'un prenne la défense de la «position du missionnaire». Depuis trop longtemps les gens la discréditent en la présentant comme manquant d'imagination, ennuyeuse, démodée, et même sexiste. Je crois pour ma part que le maintien de sa popularité repose sur le fait que c'est la position la plus satisfaisante à la fois pour les hommes et pour les femmes.

Le nom de «position du missionnaire» avait, à l'origine, un sens de dérision. Les aborigènes de Polynésie qui, par tradition, faisaient l'amour dans une position accroupie, l'utilisaient pour décrire la méthode, pour eux hautement comique, employée par les missionnaires occidentaux. «Cette position a la mauvaise réputation d'être facile, conventionnelle et ennuyeuse», commente le Dr Merle Kroop du Centre hospitalier Cornell de New York; «c'est toutefois une bonne position et qui offre une grande flexibilité. Il se trouve des femmes et des hommes qui ne peuvent parvenir à l'orgasme que dans cette position.»

Il est vrai que cette posture présente certains désavantages. Le premier est que si un couple restreint ses étreintes à la position du missionnaire, les deux partenaires n'ont pas l'occasion de prendre à tour de rôle l'initiative des rapports sexuels. Si la femme est frêle alors que l'homme est corpulent, cette position peut devenir physiquement très inconfortable pour la femme. De plus, bien sûr, cette position ne permet qu'une stimulation fort limitée du clitoris.

Malgré ses désavantages, la position du missionnaire reste très recommandable. Beaucoup d'hommes préfèrent les orgasmes qu'ils obtiennent dans cette position du fait qu'elle permet de mieux contrôler la profondeur de la pénétration de leurs mouvements. Elle convient aussi particulièrement à un couple qui désire un enfant car elle favorise la conception. Les médecins recommandent à cette fin la position du missionnaire parce qu'elle permet le contact maximal du sperme et de la muqueuse cervicale. Du fait qu'elle soit traditionnellement la plus employée et qu'elle renforce les rôles sexuels «acceptés», elle est aussi psychologiquement rassurante. Le Dr Kroop ajoute qu'il s'agit d'une posture très intime. «Les partenaires se faisant face, elle permet de nombreux contacts entre les parties du corps, principalement le ventre et l'abdomen. C'est l'une des seules positions où deux personnes peuvent vraiment s'étreindre, s'embrasser, se parler et explorer le corps de l'autre.»

Cette position permet également une pénétration profonde, car la femme peut en régler le degré en soulevant et en abaissant ses jambes. «Lorsque la femme a les jambes baissées on peut facilement insérer le pénis avant même qu'elle ait atteint une excitation complète et que le vagin se soit «gonflé», dit encore le Dr Kroop. Avec la montée de l'excitation chez la femme son vagin prend de l'expansion et elle peut soulever les genoux pour augmenter la pénétration.» En plaçant un oreiller sous les fesses de la femme on peut accroître encore la stimulation du péritoine, mais ce sera au prix de celle du clitoris.

## La femme sur le ventre

À ne pas confondre avec la pénétration anale. La femme repose sur le ventre, et l'homme pénètre son vagin par l'arrière. Bien que certaines femmes raffolent de cette posture, d'autres ne l'aiment pas du fait qu'elles ne font pas face à leur partenaire et que l'intimité visuelle est perdue. La femme a également moins de possibilité de caresser l'homme au cours de l'étreinte.

Cependant, beaucoup de femmes estiment les plaisirs de cette position irrésistibles. D'une part, elle permet de commencer par un massage du dos. Plus important, la pénétration peut être plus profonde et plus ferme que dans la position du missionnaire. Les mains de l'homme sont également libres au cours de l'étreinte et il peut les utiliser pour stimuler le clitoris de sa partenaire. La combinaison des vigoureuses poussées du bassin et de délicats touchers clitoridiens peut provoquer chez la femme l'extase de multiples orgasmes. Dans ce type d'étreinte, le fait de pouvoir communiquer un plaisir aussi vif compense largement pour la perte du plaisir ressenti par la femme qui se trouve limitée dans les caresses qu'elle peut faire.

## La femme au-dessus

Beaucoup d'hommes et de femmes n'utilisent pas la position où la femme se place au-dessus de l'homme parce qu'ils la considèrent peu «virile» pour l'homme. Ce faisant, ils prouvent non seulement leur ignorance, mais ils se privent d'un outil précieux qui permet d'ajouter tendresse et variété à l'acte sexuel. Commençons par nous défaire des mythes masculins se rattachant à cette position.

La sexualité d'un homme ne dépend pas (ne devrait pas dépendre) d'un aspect aussi arbitraire que de savoir qui doit être au-dessus de qui. «Certains hommes deviennent embarrassés lorsque je me place au-dessus, m'a dit une hôtesse de l'air de New York. Ils croient que ça les rend moins virils, ou quelque chose du genre. De toutes les bêtises invraisemblables que j'ai entendues de la part des hommes sur la sexualité, c'est bien la plus idiote.»

En réalité, pour un homme qui veut donner du plaisir à une femme, il s'agit d'un aspect essentiel des relations sexuelles. Cette position permet à la femme de déterminer le rythme de l'étreinte sexuelle, ce qui signifie souvent une différence importante. Le vagin est également ouvert plus grand pour permettre une pénétration plus profonde. Les mains de l'homme sont complètement libres, ce qui lui permet de caresser le corps de sa partenaire, particulièrement ses seins. Également, du fait qu'elle est au-dessus, la femme peut facilement contrôler la profondeur, la fermeté et la fréquence de la pénétration. Tout ceci peut s'avérer non seulement excitant pour la femme mais aussi rassurant, car elle a le contrôle de la situation.

Selon le Dr Debora Phillips, un autre avantage de la position où la femme est au-dessus est qu'elle accroît la stimulation du clitoris durant l'étreinte sexuelle en même temps qu'elle permet une stimulation manuelle complémentaire. Cette position permet également une meilleure satisfaction à la femme lorsque le poids de l'homme est considérablement plus élevé que le sien. Le dernier avantage est de nature psychologique. Cette posture enlève à l'homme toute responsabilité. Il peut demeurer étendu sur le dos et savourer la relation sexuelle. Certaines femmes se plaignent du fait qu'étant au-dessus, elles se sentent mal à l'aise car leur corps est entièrement exposé au regard de leur partenaire. Vous pouvez atténuer une timidité initiale simplement en fermant les yeux les premières fois.

Si une femme hésite à vouloir prendre position au-dessus de vous, informez-la qu'au moins 75% des Nord-Américains l'adoptent de temps à autre. Une étude récente de Sandra Kahn, une sexologue de Chicago, indique que la moitié des hommes et des femmes réunis considèrent la position où la femme est au-dessus comme plus excitante que celle du missionnaire. Elle ajoute que plusieurs des répondants qui ont émis cette opinion s'estimaient minoritaires.

## La femme à cheval

Cette position est une variante de la précédente, la femme est au-dessus et *s'assoit* ou *s'agenouille* les jambes écartées. Cette posture présente elle aussi l'avantage que la femme peut contrôler le degré et la profondeur de votre pénétration, encore mieux que si elle était simplement au-dessus. Il s'y trouve également des plaisirs pour l'homme. Du fait que cette position permet aux deux partenaires de se regarder durant l'étreinte, beaucoup de femmes la considèrent la plus érotique au plan visuel. «Être assise et voir mon amant allongé sous moi, commente la même hôtesse de l'air, caresser sa poitrine ou ses cheveux, ramener mes seins sur son visage, et tout le temps sentir sa présence au-dedans de moi, c'est le maximum du plaisir sexuel.»

Si vous faite l'amour fréquemment avec la même femme, vous en viendrez rapidement à préférer certaines positions. Votre choix s'expliquera partiellement par les particularités anatomiques de votre partenaire ou les vôtres. Plus le clitoris se trouve près de l'entrée du vagin, plus vous pouvez varier les positions; plus il est loin, plus vous devez vous limiter. La position idéale en est une qui permet d'insérer confortablement le pénis dans le vagin tout en assurant la plus grande stimulation possible du clitoris.

Un jeune écrivain de New York affirme: «Le corps d'un homme s'adapte différemment au corps de chaque femme. Il y a quelques années j'avais une amie avec laquelle je faisais l'amour dans une position un peu spéciale. Nous nous faisions face, couchés sur le côté, ses jambes par-dessus les miennes et je touchais son clitoris en même temps que je la pénétrais. C'était merveilleux. C'était la position qui nous convenait le mieux à tous les deux. Je n'ai jamais ressenti la même chose avec personne d'autre. Lorsque vous avez fait l'amour plusieurs fois, vous découvrez des positions différentes, à condition de vouloir expérimenter.»

En d'autres mots, la position idéale n'est pas seulement celle que vous préférez; c'est également celle que votre partenaire préfère. La satisfaction profonde vient d'une relation sexuelle mutuellement gratifiante. Sans cette réciprocité, la sexualité, dans n'importe quelle position, n'est rien d'autre qu'une activité gratuite.

## Après l'amour

La période qui suit l'étreinte sexuelle en fait partie intégrante, au même titre que les caresses préliminaires font partie de l'excitation. Les femmes considèrent à l'unanimité que les deux ont une égale importance.

«La plupart des hommes accordent aux caresses préliminaires une importance convenable, m'a répondu une avocate de Kansas City. Ils ont appris qu'il ne faut pas passer directement à la pénétration. Ce que les hommes semblent tarder à apprendre c'est qu'une relation sexuelle ne se termine pas avec leur éjaculation. Ils devraient se montrer affectueux même après. Il n'y a rien qui m'exaspère, ou me blesse, comme un homme qui tombe dans un profond sommeil dès qu'il se retire de moi.»

Chez beaucoup de personnes, l'exquise sensation d'apaisement qui accompagne l'orgasme est suivie d'un sentiment d'isolement et de solitude. Lorsque ce sentiment se produit, la plupart des hommes sont trop fatigués pour vraiment le remarquer et pressés de s'endormir. Quant aux femmes, au contraire, la plupart sont parfaitement lucides.

Les femmes ont grandement besoin d'être rassurées. Elles désirent que vous répétiez par vos gestes et vos paroles

les mêmes sentiments affectueux que vous avez exprimés lors de l'étreinte sexuelle. Si vous êtes vraiment épuisé par la dépense d'énergie nécessaire à la montée et au déclenchement de l'orgasme, il vous faudra peut-être un léger effort pour accorder à votre partenaire l'attention dont elle a besoin.

«Je deviens furieuse, déclare une femme de San Francisco. J'ai le goût de lui demander: «Comment aimerais-tu que je quitte le lit dès l'instant où j'ai eu un orgasme?» Ce que j'aime, c'est d'allumer ma lampe de chevet, me blottir contre mon compagnon, puis de manger quelque chose de sucré, comme du gâteau au chocolat.»

«Pour vous dire à quel point c'est important, je dirai que c'est ce qui fait la différence entre un acte purement physique et un acte d'amour», m'a déclaré une autre femme.

## Faire l'amour à une vierge

De nos jours, l'occasion de faire l'amour à une vierge se produit rarement. Un homme avec qui j'abordais cette question s'est exclamé: «Qu'est-ce qu'une vierge? Je n'en ai jamais rencontré!» Les hommes pour qui l'occasion se présente devraient se rendre compte que c'est un plaisir rare, mais qui comporte aussi des responsabilités importantes. La première fois qu'une personne fait l'amour, qu'il s'agisse d'un homme ou d'une femme, est d'une importance particulière sur le plan émotif. Cet événement restera gravé dans sa mémoire pour la vie et conditionnera certainement, pour des années à venir, ses sentiments à l'égard de l'intimité physique. Ceci reste particulièrement vrai pour la femme. La première fois peut s'avérer traumatisante pour un homme, mais pour une femme, cela peut être une épreuve douloureuse autant psychologiquement que physiquement. L'homme qui fait l'amour avec elle pour la première fois peut l'initier à une vie sexuelle épanouie, ou l'affliger de toutes sortes de craintes et d'angoisses sexuelles.

«J'ai fait le compte, m'a avoué, un peu intimidé, un de mes amis, et, crois-le ou non, j'ai fait l'amour à neuf vierges. J'en déduis que je suis alléché par cette situation. Je deviens véritablement envahi par un sentiment de protection. Je crois que je cherche à donner à cet important événement un contenu de douceur et de compréhension qui soit bon pour ma partenaire.»

Si une femme se sent nerveuse au moment de faire l'amour avec un homme pour la première fois, particulièrement si cet homme est le premier, la meilleure façon de la détendre est de la faire rire. «Avant de faire l'amour avec John pour la première fois, m'a dit une femme, j'avais peur. Je l'aimais vraiment, mais j'avais aussi peur. J'hésitais beaucoup à le faire. Un soir, après le cinéma, nous nous sommes retrouvés chez lui. Il y avait beaucoup d'oreillers sur son divan et nous avons commencé à nous les lancer. Ce n'est pas tous les jours que je me bats avec des oreillers et nous nous sommes mis à rire aux éclats. Puis nous nous sommes mis à nous embrasser et à nous caresser mutuellement et tout s'est fait tellement facilement.»

Si vous vous trouvez dans la situation de faire l'amour avec une femme qui ne l'a jamais fait, souvenez-vous de l'importance que l'événement revêt pour elle. Cette occasion impose plus que toute autre que vous renonciez à satisfaire vos préférences et vos besoins sexuels pour vous concentrer entièrement à la satisfaction physique et émotive de votre amie. Malheureusement, pour beaucoup de femmes, la douleur va excéder la satisfaction, mais ceci ne justifie pas quc vous ne lui accordiez pas toute la satisfaction émotive qu'elle mérite et recherche.

La rupture de l'hymen constitue l'événement clé. Dans certaines régions d'Italie, encore de nos jours, on suspend le drap taché du sang de la mariée pour attester de sa virginité au moment de son mariage. Naturellement, certaines «vierges» ont déjà rompu leur hymen par la pratique de sports, la masturbation ou des examens gynécologiques. Si l'hymen reste intact, sa rupture peut s'avérer douloureuse, bien que le degré de douleur puisse varier considérablement.

Débutez autant que possible par des caresses préliminaires, afin de détendre son corps et apaiser son esprit. La lubrification a aussi une grande importance, que vous employiez de la salive ou une gelée. Procédez très lentement pour la pénétration, accompagnez-la d'expressions d'amour et d'encouragement. Dans la plupart des cas, une fois que vous touchez l'hymen, il vaut mieux l'enfoncer d'une seule poussée plutôt que d'exercer une pression prolongée.

Rassurez immédiatement votre partenaire à l'effet que toute douleur est passée. Dites-lui quelque chose comme: «Nous avons tout notre temps», ou bien «Tu verras, ce sera encore mieux que dans tes rêves».

Ne vous pressez pas et montrez-vous affectueux. Prêtez-lui une attention particulière après l'étreinte sexuelle. Au cours des minutes qui suivent une relation, toutes les femmes ont besoin d'être rassurées sur l'importance qu'elles ont pour vous. Mais cela est encore plus vrai lorsqu'une femme vient de faire l'amour avec abandon pour la première fois.

Le principal besoin d'une vierge, à ce moment-là, est d'être rassurée. Plus que la majorité des femmes, elle a besoin de ressentir que l'acte sexuel a été le produit de l'amour et de l'affection et non pas d'un besoin primaire. Il faut donc prévoir la revoir aussitôt que possible après avoir fait l'amour avec elle pour la première fois. Si vous attendez trop longtemps, elle pourra penser que vous l'avez rejetée du fait qu'elle se soit «compromise». Autrement dit, ne faites pas l'amour avec une vierge à moins d'avoir l'intention de répéter l'expérience avec elle.

# IX

# Le Grand Orgasme

Quand j'ai rencontré Nancy, elle était divorcée d'avec Ted, qu'elle avait épousé quelques années après leurs études communes en droit, et fréquentait Kevin, un architecte, depuis près d'un an. Notre conversation ne durait pas depuis longtemps lorsque Nancy dévia sur la sexualité. Elle avait manifestement ce sujet à l'esprit.

— Comment vont les choses? lui demandai-je.

— Très bien. Kevin et moi, nous nous voyons trois fois par semaine. Il est tellement plus attentif que Ted. C'est merveilleux pour mon ego.

Elle avait une telle intonation en prononçant le mot «merveilleux» que la question suivante est venue d'elle-même.

— Comment va votre vie sexuelle? ajoutai-je.

Elle se contenta de sourire.

— Si merveilleux que ça?

— Vraiment merveilleux.

Je reconnaissais encore la même intonation.

— Pourriez-vous commenter davantage?

— Je ne saurais dire exactement. C'est simplement tellement mieux qu'avec Ted.

— Ce n'est pas tout ce que vous avez à dire, n'est-ce pas?

— Pour être franche, tout ça me met en colère.

— Qu'entendez-vous par là?

Elle me regarda avec des yeux perçants.

— J'ai eu mon *premier* orgasme il y a seulement quelques mois, déclara-t-elle. Auriez-vous cru cela? Vous me comprenez? Je suis restée mariée avec Ted durant quatre ans, et je n'ai jamais eu un orgasme. Le plus effarant, c'est que je ne savais même pas que je n'en avais pas. Ce n'est qu'après avoir eu un orgasme avec Kevin que je me suis rendu compte de ce que c'était et de ce que j'avais manqué.

— Qu'est-ce qui a changé? Qu'y a-t-il de différent avec Kevin?

— Je ne saurais dire exactement. Ce pourrait être plusieurs choses. Kevin sait me mettre à l'aise. L'amour est tellement facile avec lui. Avec Ted, j'avais toujours une raison de me mettre en colère, ou bien je me sentais tendue. J'avais toujours peur que tout se déroule mal. Même lorsque tout allait bien, c'était comme une épreuve sportive. Il montrait un esprit de compétition en toutes choses. Je suppose qu'il agissait de la même façon en matière sexuelle. J'avais toujours l'impression qu'il voulait me démontrer qu'il était meilleur que moi pour l'amour. Maintenant je le sais.»

Nancy n'est pas la seule. Selon le *Rapport Hite,* seulement 52% des femmes américaines qui sont actives sexuellement ont des orgasmes sur une base régulière ou occasionnelle. Pensons-y un instant. Il ne s'agit pas de 52% de toutes les femmes, mais des femmes sexuellement actives, et cela inclut les orgasmes provoqués par tous les moyens, sexualité orale, masturbation réciproque et pénétration. Selon le Dr Lonnie Garfield Barbach, auteur du livre *For Yourself: The Fulfillment of Female Sexuality,* il arrive souvent que même les femmes qui ont des orgasmes y parviennent avec difficulté.

L'aspect tragique de ces chiffres, c'est que, de toutes ces femmes qui ne connaissent pas les plaisirs de l'orgasme, seul un faible pourcentage sont cliniquement frigides. La grande majorité d'entre elles sont parfaitement *capables* d'avoir un orgasme.

Ceci veut dire que nous sommes bien loin de faire notre part correctement. Beaucoup de relations sexuelles sont gâchées, ou tout au moins monopolisées, par les hommes. Ce qui signifie que l'incessant bavardage de groupes d'hommes concernant le «Grand Orgasme» que l'on veut donner ou que l'on a donné aux femmes, n'est rien d'autre que du vent.

Certains hommes ont de la difficulté à comprendre ou à sympathiser avec cette situation déplorable. Ils croient que les femmes n'ont pas besoin d'orgasme pour apprécier la sexualité. Ce même type d'homme ne peut pas s'imaginer faire l'amour sans orgasme et croit que les femmes n'en ont pas besoin. «Éjaculer, c'est tout ce qui compte pour un homme, m'a dit le propriétaire d'un ranch du Colorado, mais comme les femmes n'éjaculent pas, elles s'en fichent.»

Même des médecins, des *hommes* médecins, ont récemment prétendu que l'on accordait trop d'importance à l'orgasme féminin. Bien qu'ils reconnaissent que les relations sexuelles ont de l'importance pour les femmes, ces médecins affirment également que, pour elles, il y a peu de différence entre l'état d'excitation et l'orgasme proprement dit et que, conséquemment, l'état d'excitation est également satisfaisant. Les mêmes médecins admettent que la pénétration a de l'importance pour les femmes, mais ils disent que c'est pour des raisons psychologiques. Ils utilisent le fait que les femmes continuent à rechercher la pénétration, bien qu'elle ne soit pas une méthode efficace pour obtenir l'orgasme, comme preuve que l'orgasme n'est pas vraiment important pour elles.

Beaucoup de femmes se montrent en désaccord complet avec ces «experts». Une de mes amies me l'a dit très clairement: «Il faut être imbécile pour dire des choses semblables. Bien sûr que l'orgasme est important pour les femmes. Toute femme qui prétendrait que l'orgasme n'a pas d'importance n'en a jamais eu.»

Des études récentes tendent à démontrer qu'il est important pour la plupart des femmes de ressentir des orgasmes et ce, relativement souvent. En réalité, les femmes se préoccupent davantage du nombre de fois qu'elles font l'amour que de la signification que prend chaque étreinte sexuelle. Un article paru il y a quelques mois dans la revue *Cosmopolitan* prétendait que la fréquence, donc la quantité, des relations sexuelles était peut-être plus importante que leur qualité. L'apaisement de la tension qui résulte de l'orgasme semble contribuer grandement à rendre une relation satisfaisante même si aucun des partenaires ne fait de l'acte sexuel un événement spécial.

Une étude faite en 1975 concluait que «pour la majorité des femmes, la fréquence à laquelle elles font l'amour et atteignent l'orgasme est directement reliée à un taux de satisfaction élevé de leur vie sexuelle de couple».

Si l'ignorance permet d'être heureux, beaucoup d'hommes doivent vivre dans une continuelle euphorie. Lorsqu'il s'agit de l'orgasme féminin, il n'est pas rare de rencontrer de complets analphabètes. Ces hommes pensent que le rôle de la femme consiste à leur procurer le plus de plaisir possible. Le plaisir qu'elle peut y trouver reste pour eux tout à fait secondaire. «J'aime bien lorsqu'elle y prend plaisir et en tire même des jouissances», m'a encore dit le rancher du Colorado, qui *se croit évolué,* «c'est encore meilleur pour moi.» En réalité, la femme possède un potentiel pour le plaisir qui dépasse celui de l'homme. L'orgasme se produit peut-être plus rapidement et plus facilement chez l'homme, mais ce dernier se classe deuxième. Il peut avoir un, deux, trois orgasmes au cours d'une nuit d'amour. En avoir quatre tient du record.

La femme peut avoir des orgasmes en série, un après l'autre. Lorsqu'ils entendent parler du miracle des orgasmes multiples, la plupart des hommes ne le croient pas. «Un jour, j'ai fait lire à mon mari un article de magazine sur les orgasmes multiples, m'a raconté une ménagère de Boston. Il a été tellement impressionné qu'il est devenu impuissant durant une semaine. Lorsqu'il était au lit avec moi, il me regardait comme si je venais de la planète Mars. Je crois que je lui ai donné la frousse de sa vie.»

Toutefois, très peu d'hommes, et même très peu de femmes, comprennent complètement la nature de l'orgasme féminin. Un des problèmes est que l'on ne peut pas se fier véritablement aux réactions visibles chez la femme. Sachant que la plupart des hommes espèrent et veulent qu'elles aient un orgasme, beaucoup de femmes, autant célibataires que mariées, feignent l'orgasme. Depuis toujours, les femmes se sont montrées de grandes comédiennes en faisant semblant — par leurs exclamations, leurs cris et leurs soubresauts — d'avoir un orgasme au moment approprié.

Certaines femmes ne savent pas elles-mêmes si elles atteignent l'orgasme ou simplement un degré élevé d'excitation. Le *Rapport Hite* mentionne que «certaines femmes qui croient avoir des orgasmes au cours de leurs relations sexuelles n'en ont probablement pas». Comme preuve à l'appui, l'auteur cite certaines réponses confuses de ses correspondantes sur le sujet: «Il se produit un grand spasme dans mon vagin au moment de l'orgasme, a déclaré une de celles-ci, cependant, je ne suis pas toujours certaine si c'est le résultat de mon orgasme ou des mouvements de mon amant.»

Les femmes que j'ai interviewées croient cependant que si une femme se demande si elle a eu un orgasme, il est certain qu'elle n'en a pas eu et n'en a probablement *jamais* eu. «Lorsque vous éternuez, vous en apercevez-vous?» m'a demandé une femme à qui je mentionnais les conclusions du *Rapport Hite*.

Une autre femme a ajouté: «Bien entendu, comme chez les hommes, les orgasmes féminins n'ont pas tous la même intensité. Certains sont comme de petites vagues, alors que d'autres prennent les proportions d'un raz de marée. À moins d'avoir un amant extraordinaire, ces derniers sont rares et espacés.»

Pour l'ensemble, l'orgasme féminin se compare à celui de l'homme. L'orgasme masculin consiste habituellement en deux réactions involontaires. La première est un soubresaut qui anime le corps tout entier, la deuxième est l'éjaculation. Bien que les deux se produisent simultanément, chacune peut se produire sans l'autre. Un homme peut être agité d'un spasme sans éjaculation, ou éjaculer sans spasme.

Chez la femme, l'orgasme se compose également de deux parties: une convulsion involontaire similaire au spasme de l'homme et une contraction des muscles entourant le vagin appelé muscles pubiococcygiens. Vous pouvez ressentir leur contraction en introduisant un doigt dans le vagin ou dans l'anus au moment de l'orgasme.

En fait, le corps féminin subit plusieurs transformations entre le début de l'excitation et l'orgasme. Le sang commence à s'accumuler dans la zone pelvienne; le vagin se lubrifie; les grandes lèvres, les petites lèvres et le clitoris augmentent de volume (parfois c'est également vrai pour les seins); les mamelons viennent en érection et l'aréole du sein commence à enfler.

Puis le vagin se contracte; la respiration s'accélère; la pression sanguine augmente (parfois le cou, le visage, les épaules et la poitrine semblent rougir); les muscles du visage, des mains et des pieds deviennent tendus; et finalement, seul signe irréfutable, les petites lèvres du vagin changent de couleur et passent du rose au rouge.

C'est à ce point que se produit l'orgasme. La tension musculaire atteint un sommet; la pression sanguine, le pouls et le rythme de la respiration continuent de s'accroître; les tissus s'engorgent encore davantage; la partie extérieure du vagin se contracte une fois chaque seconde; les muscles utérins et parfois ceux de l'anus se contractent également; le sang qui s'était concentré dans la région du bassin est relâché, ce qui crée une impression de chaleur dans tout le corps.

Après l'orgasme, l'enflure des aréoles disparaît, rendant l'érection des mamelons encore plus apparente; le corps transpire légèrement, les muscles se relâchent encore plus, l'utérus et le clitoris reprennent leur position de repos. La seule sensation qui demeure est peut-être un léger et agréable pincement du clitoris.

Certains de ces signes d'orgasme sont difficiles à détecter, d'autres moins. J'ai demandé à plusieurs hommes comment ils s'apercevaient qu'une femme avait un orgasme. «La difficulté, m'a dit l'un d'eux, c'est qu'il y a plusieurs symptômes physiques comme la rougeur de la poitrine, la transpiration, l'érection des mamelons, mais toutefois ceux-ci n'apparaissent pas toujours, ni chez toutes les femmes.»

Un interne dans un hôpital m'a dit: «Il existe une méthode organique très simple pour déceler l'orgasme chez une femme: je surveille le haut de sa poitrine aux environs de la clavicule. Il y apparaît comme une chair de poule de couleur rose. Bien entendu, ce n'est pas une méthode infaillible. Un coup de soleil peut donner cette couleur rose pendant des jours, et vous ne pouvez pas la voir à moins que la lumière ne soit allumée.»

«C'est difficile à dire pendant la pénétration, m'a dit un autre, cependant je peux le dire avec mes doigts, car le clitoris disparaît pratiquement et les lèvres se gonflent énormément en même temps que je sens les contractions.»

«J'écoute le rythme de ses exclamations, de ses oh! et de ses ah!, m'a dit un avocat de New York. S'ils sont suivis et réguliers, puis ponctués par une seule variation, elle n'a probablement pas eu d'orgasme. Elle devait penser à quelque chose qui s'est passé la veille à son travail, puis elle s'est souvenue qu'elle faisait l'amour avec moi.»

«Si elle devient exubérante et vous dit que c'était merveilleux, pour ensuite vous demander d'éjaculer à votre tour, vous pouvez être assuré que son orgasme était basé sur un désir: celui de vous voir en finir au plus tôt.»

Si vous n'êtes pas certain si votre épouse ou amie atteint l'orgasme, vous devriez probablement en parler avec elle. N'abordez toutefois pas cette question au lit. Il serait peut-être aussi préférable de ne pas l'aborder directement. Amenez la conversation sur le sujet de l'orgasme féminin, ou de l'orgasme en général, ou essayez que ce soit elle qui aborde la question.

Évidemment, le sujet peut s'avérer difficile à traiter. Comme me l'a dit une femme: «Les femmes ne disent pas la vérité par compassion pour les hommes. Admettre qu'elles n'ont pas d'orgasme équivaudrait à dire à leurs hommes qu'ils sont incapables de leur en donner. Elles croient que les hommes ne pourraient pas supporter la vérité. L'homme doit avoir le courage de demander: «Est-ce que tu as eu un orgasme?»

## Comment aider une femme à atteindre l'orgasme

Que faites-vous si votre partenaire ne semble pas parvenir à l'orgasme? Pourquoi tellement peu de femmes réalisent-elles leur potentiel sexuel? Pourquoi y a-t-il si peu d'hommes capables de donner pleine satisfaction sexuelle à une femme? Pourquoi le «Grand Orgasme» est-il si fugitif? Et, par-dessus tout, que pouvez-vous faire si votre épouse ou votre amie continue à avoir de la difficulté à atteindre l'orgasme?

L'intuition de Nancy, mentionnée au début de ce chapitre, touche à l'essentiel. Trente années d'études psychologiques ont confirmé que l'inquiétude et la peur, plus que tout autre facteur, empêchaient une femme d'avoir un orgasme.

Conséquemment, il est primordial que la femme soit détendue. Si, pour une raison quelconque, elle se sent mal à l'aise ou inquiète, il y a très peu de chances qu'elle obtienne un orgasme. Ceci explique le fait que la plupart des femmes qui éprouvent des difficultés avec l'orgasme l'atteignent généralement pour la première fois dans une relation qui leur communique un sentiment de sécurité. C'est également dû au fait que les femmes qui ont des orgasmes régulièrement font l'amour avec leur amant ou leur mari dans le cadre d'une relation suivie. Si une femme se sent insécure avec un homme, ou si elle éprouve la crainte, consciente ou inconsciente, d'être abandonnée, il arrive souvent qu'elle ne puisse pas se détendre suffisamment pour atteindre l'orgasme.

Naturellement, la meilleure façon d'aider une femme à se détendre reste de la combler d'attentions et d'affection. Une des raisons pour lesquelles la plupart des femmes ont besoin de plus de temps pour avoir un orgasme, c'est qu'elles ne parviennent pas à se détendre sans une intimité physique prolongée. Si une femme n'a pas d'orgasme, passez plus de temps au lit avec elle. Consacrez tout le temps possible aux jeux préliminaires *et* à l'étreinte sexuelle.

N'oubliez pas que pour qu'une femme ait un orgasme, il faut stimuler davantage le clitoris que le vagin. En réalité, les deux tiers de l'intérieur du vagin sont tellement insensibles qu'on peut y pratiquer des interventions chirurgicales mineures sans anesthésie. Mais, à l'opposé, si la plus grande surface du vagin est insensible, il est bon de répéter que le clitoris est souvent hypersensible. Il faut l'approcher indirectement au début et toujours le traiter avec délicatesse.

Souvenez-vous également que la plupart des femmes atteignent plus facilement l'orgasme par une stimulation manuelle ou orale que par la pénétration. Commencez par stimuler la tige du clitoris avec vos doigts et votre langue. Principalement au début, vous pouvez vous limiter à la position dans laquelle la femme est au-dessus, de manière à lui accorder le plus de contrôle possible sur la profondeur et le rythme de la pénétration. Il est aussi important de maintenir la stimulation le plus longtemps possible. Apprenez à maintenir une érection durant 15 ou 20 minutes ou davantage (voir chapitre 13, «Les thérapies sexuelles»), ou bien alternez la pénétration et la stimulation manuelle ou orale du clitoris.

Il est *primordial* de ne pas accepter d'arrêter la stimulation trop tôt. Beaucoup de femmes sont tellement conscientes des sentiments de leur partenaire qu'après 10 ou 20 minutes, elles vont se sentir coupables et simuler un orgasme, particulièrement si l'homme a déjà éjaculé. Un ami a réussi à donner son premier orgasme à une femme simplement en ignorant ses exclamations et ses cris de plaisir, en continuant ses caresses jusqu'à ce que le véritable orgasme se produise.

Un thérapeute en vogue recommande: «Prenez votre temps. Détendez-vous. Arrêtez-vous au besoin. Parlez-lui. Jouez avec elle. N'essayez pas de jouer à l'étalon. Faites-lui des compliments. À un certain moment, toutes les conditions se trouveront réunies.» Une des femmes que j'ai interviewées m'a presque dit la même chose. «Comment on peut me faire avoir un orgasme? Toucher. Embrasser. Sucer. Lécher. C'est meilleur quand mon partenaire prolonge ses caresses un certain temps. Cela m'aide s'il est disposé à s'arrêter, à me tenir dans ses bras puis à recommencer.»

Une autre a dit: «Une disposition pour le jeu. Si vous avez tous les deux un orgasme rapidement, c'est très bien. Si ce n'est pas le cas, il devrait toucher, agacer, embrasser, jusqu'à ce que l'excitation soit tellement forte qu'il n'y ait pas d'autre issue que l'orgasme. Mais il est important que ce soit un jeu et non un travail.»

Une dernière a dit: «La chose la plus importante, c'est de bien prendre son temps. J'ai parfois l'impression que les hommes courent vers l'orgasme. Je souhaiterais pouvoir passer un certain temps seulement à nous sentir près l'un de l'autre. C'est en partie la faute de la femme. Les hommes craignent de ne pas pouvoir nous satisfaire. Je me demande qui vraiment fait pression sur l'autre. Il existe une crainte de se voir blâmer en amour. Auparavant, les hommes sautaient littéralement sur moi et passaient tout de suite à la pénétration. Maintenant, ils sautent dans le lit et se préoccupent de ma jouissance. C'est pourquoi, en règle générale, je préfère faire l'amour les fins de semaine ou durant les vacances.»

## Orgasme simple, multiple, séquentiel... et du péritoine

Selon le Dr Avodah K. Offit, thérapeute sexuelle, il existe trois types différents d'orgasmes féminins: simple, séquentiel et multiple. Ceux-ci se produisent «peu importe le point de stimulation, peu importe la partie de son corps où une femme reçoit une stimulation ou se stimule elle-même».

L'orgasme *simple* est souvent celui que les femmes ressentent en premier. Il peut s'agir de plusieurs contractions du vagin à des profondeurs variables, ou d'un spasme unique et puissant. Tout comme l'orgasme masculin, l'orgasme simple chez la femme est intense et satisfaisant. L'orgasme *multiple* est une série d'orgasmes simples d'intensité variée qui se suivent à la file avec une brève pause de repos. Shere Hite rapporte que les femmes qui ont des orgasmes multiples peuvent ressentir cinq ou six orgasmes complets en quelques minutes. Par contraste, l'orgasme *séquentiel* est une suite d'orgasmes, généralement pas très intenses, qui se suivent l'un l'autre sans pause intercalaire.

Les orgasmes multiples et séquentiels ont ceci de commun qu'une femme ne développe la capacité de les ressentir qu'après une période de temps et une expérience appréciable. La plupart des femmes ignorent l'existence de différentes sortes d'orgasmes avant de les avoir elles-mêmes expérimentés. Les sexologues hésitent à définir la raison qui permet à une femme d'arriver à ressentir un orgasme multiple ou séquentiel. Certains prétendent qu'un nouvel amant, ou le même partenaire qui emploierait une technique nouvelle peut faire la différence. D'autres soutiennent que la croissance de l'émotivité d'une femme ou son raffinement physique en seraient généralement responsables.

La liste ne s'arrête pas aux orgasmes simples, multiples ou séquentiels. Il en existe un quatrième et dernier qui est moins connu mais dont on parle de plus en plus: l'orgasme du péritoine. Cet orgasme peut donner à la femme un plaisir profond et extatique.

Il se produit grâce au tissu sensible qui recouvre la cavité abdominale, appelé péritoine et qui se situe vers le fond du vagin. L'orgasme du péritoine, parfois nommé le *Graftenberg Spot* ou *point G* ne peut être atteint que par la pénétration la plus profonde possible; en réalité, la plupart du temps il ne peut être atteint que quand la femme prend la position au-dessus.

Pour donner ce type d'orgasme à une femme, évitez les préludes trop élaborés et en particulier la stimulation du clitoris. Puis, après la pénétration, appliquez de la pression sur son abdomen avec votre main. La stimulation du péritoine produit chez certaines femmes un orgasme très différent de l'orgasme clitoridien. Il ressemble davantage à l'orgasme masculin; il est rapide, donne une jouissance intense et ne se produit qu'une seule fois.

L'orgasme péritonéal n'est pas facile à produire. Mais en vous montrant patients et persévérants, vous et votre partenaire en obtiendrez la récompense. Comme une femme l'a appelé, c'est l'orgasme le plus «insaisissable».

## Les étapes qui mènent de l'inquiétude à l'orgasme

Si vous avez suivi les étapes déjà présentées pour aider une femme à atteindre l'orgasme et qu'elle n'y parvient toujours pas, que faites-vous? Heureusement, des thérapeutes sexologues ont récemment mis au point des méthodes qui aident remarquablement les femmes à atteindre l'orgasme. Bien que lorsqu'il s'agit de problèmes sérieux il vaille mieux recourir à l'assistance de thérapeutes professionnels, beaucoup de couples utilisent ces nouvelles méthodes dans l'intimité de leur chambre à coucher.

Mary Linda Fara, codirectrice d'un institut de thérapie des problèmes sexuels de couples, de Fairfax en Virginie, soulève plusieurs autres points. «Une femme a besoin de deux choses pour qu'une relation sexuelle soit satisfaisante. Premièrement, elle doit être exemptée de toute inquiétude et, deuxièmement, sa pensée doit s'imprégner de sexualité. Autrement, il est peu probable qu'elle ressente un orgasme. Toute forme de crainte ou d'inquiétude peut mettre fin à la jouissance sexuelle. Si vous faites l'amour avec une femme qui, par exemple, a peur d'être dérangée par la sonnerie du téléphone, elle pourra perdre tout intérêt à l'étreinte sexuelle.

«Toutefois, la crainte la plus répandue est celle de la performance, ou plutôt du manque de performance. La raison pour laquelle beaucoup d'hommes et de femmes deviennent incapables d'une performance sexuelle, c'est qu'ils cherchent désespérément à faire des prouesses.

«C'est exactement comme essayer de dormir. Si vous pensez trop au sommeil, il devient impossible de s'endormir. La même situation prévaut lorsqu'il s'agit de sexualité. Si une femme devient obsédée par l'idée d'avoir un orgasme, elle ne peut pas y parvenir, ou bien ce sera extrêmement plus difficile. L'orgasme doit se produire de lui-même. Ironiquement, la peur de l'échec mène presque à coup sûr à l'échec.»

«Pendant longtemps», reprend le D^r^ Bryan Campton-Main, époux et associé du D^r^ Fara, «on croyait que la sexualité était une activité qui appartenait à l'homme qui faisait l'amour *à* la femme. Les femmes étaient éduquées dans la croyance que l'amour était quelque chose qu'on leur ferait la nuit de leurs noces. Puis les idées ont changé. La sexualité est devenue une activité à laquelle l'homme se livrait *pour* la femme. En réalité l'activité sexuelle ne peut être destinée à personne d'autre.» Le D^r^ Campden-Main conclut en disant: «Un homme ne peut faire l'amour que pour lui-même et une femme ne peut le faire que pour elle-même. Une relation sexuelle est une activité entre deux personnes, que chacune entreprend pour elle-même et pour l'autre. Chacun peut aider l'autre à atteindre l'orgasme, mais chaque partenaire est personnellement responsable de son propre orgasme.»

Selon le *Rapport Hite,* «l'idée que nous sommes responsables de nos propres orgasmes, même lors d'une relation sexuelle, entre en contradiction directe avec ce qui nous a été enseigné. Néanmoins, nous favorisons notre orgasme en nous déplaçant pour nous assurer que la stimulation touche au but, en suggérant des caresses, en tendant notre corps et en adoptant toutes les positions nécessaires.» Comme le formule une femme, «il faut courir après l'orgasme».

En d'autres mots, le «Grand Orgasme» est quelque chose qu'une femme se donne à elle-même. La contribution de l'homme consiste à l'aider à créer les conditions propices à cet orgasme.

Si votre épouse ou amie continue à éprouver des difficultés à atteindre l'orgasme, convainquez-la que personne n'exige qu'elle en ait un. Dites-lui que pour une certaine période de temps vous ne demanderez même pas qu'elle vous aide à en avoir, et que vous êtes heureux qu'elle puisse se concentrer sur sa propre jouissance physique.

Tournez votre esprit vers la sexualité et faites-lui part de vos pensées. Bien que vous ne puissiez pas créer un phantasme féminin à sa place, ceux-ci étant reliés à l'enfance, vous pouvez l'encourager à vous parler de ceux qu'elle a déjà eus. Faites-lui savoir qu'elle peut vous confier ses phantasmes en lui dévoilant les vôtres. Le dernier obstacle à l'orgasme est dans le cerveau et un phantasme assez bien ressenti peut le faire disparaître.

Une fois que vous aurez dissipé ses sentiments d'inquiétude et que vous aurez orienté son imagination vers la sexualité, la «guérison» demandera trois étapes.

## Sensibilité à son corps

Les femmes qui ont des difficultés au sujet de l'orgasme manquent souvent de contact avec leur propre corps. Elles ont besoin de se sensibiliser davantage à ses sensations et à ses réactions particulières. Les sports peuvent servir à cela, mais il y a également des choses à faire dans l'intimité de la chambre à coucher. Faites étendre votre amie sur le dos et aidez-la à se détendre le plus possible. Puis explorez son corps par des touchers délicats, une partie du corps après l'autre.

Au cours des premières séances, évitez de toucher ses seins ou ses organes génitaux. Les touchers ne feraient que rappeler les craintes reliées à la performance sexuelle. Après quelques séances, lorsque vous êtes assuré qu'elle se sent totalement détendue sous votre toucher, vous pouvez commencer à lui caresser les seins et peut-être les parties génitales.

## L'autostimulation

L'autostimulation est la seconde étape. Autrement dit, elle devrait se masturber, préférablement pendant que vous reposez à côté d'elle, pour qu'elle apprenne à se sentir à l'aise d'être stimulée génitalement en présence de son partenaire. Selon le *Rapport Hite,* «le pourcentage des femmes ayant répondu qu'elles n'avaient jamais eu d'orgasme était cinq fois plus élevé chez celles qui ne s'étaient jamais masturbées que chez les autres».

Si votre amie ne s'est jamais masturbée auparavant, il est temps qu'elle débute. Si elle l'a déjà fait, elle devrait peut-être essayer de nouvelles techniques. Si elle s'est toujours masturbée en employant toute sa main, par exemple, elle devrait essayer de stimuler son clitoris avec un ou deux doigts seulement. Elle devrait continuer cette pratique jusqu'au moment où l'inquiétude rattachée à la stimulation disparaît et où elle se sent à l'aise face à l'excitation qui envahit son corps.

## La pénétration

Pour l'étape finale, c'est vous qui la stimulez. N'allez toutefois ni trop vite, ni trop loin. Souvenez-vous qu'elle doit elle-même se donner l'orgasme. Même si vous devenez impliqué dans la thérapie, elle y tient toujours la vedette.

L'idée n'est toutefois pas de lui procurer un orgasme, ou de vous en accorder un à vous-même. Il s'agit plutôt de la rendre à l'aise avec la pénétration. Avec du temps et de la patience, ainsi que votre aide désintéressée, elle devrait parvenir à se donner un orgasme. Si cela ne se produit pas à ce stade-ci, il serait temps de consulter un sexologue professionnel.

Aider une femme à atteindre les plaisirs fulgurants de l'orgasme n'a rien d'un marathon sexuel. Il s'agit d'un procédé lent, au cours duquel vous prodiguez encouragement et affection, tout en oubliant votre plaisir personnel pour un certain temps. Cependant, lorsque vous l'aidez à atteindre un orgasme et qu'elle se rend compte de sa pleine capacité de jouissance sexuelle, vous lui avez donné quelque chose d'une extrême importance. Quelque chose qui crée des liens particuliers entre vous deux et qui porte votre union émotive à des degrés d'intensité qui dépassent le plaisir physique de l'aboutissement sexuel. Un orgasme est un don d'amour.

# X

# L'importance de la variété

Faire l'amour est un art. Et une partie importante de cet art est la variété. Il existe une anecdote au sujet d'un bordel de San Francisco, au temps de la ruée vers l'or, dont l'administrateur «garantissait» à sa clientèle un plaisir inédit à chaque jour du mois. Inutile de dire que cet endroit faisait des affaires faramineuses.

L'époque héroïque de la ruée vers l'or est maintenant chose du passé et, selon beaucoup de femmes, on peut en dire autant de la variété en amour. «Chaque personne a sa position préférée, déplore une femme du San Francisco actuel, et son activité sexuelle s'arrête à ça. Nuit après nuit c'est toujours la même chose, une ou deux positions. Les gens se croient audacieux s'ils évitent la position du missionnaire.»

Beaucoup de femmes se plaignent du fait que les hommes soient des amants ennuyeux, qu'ils ne soient pas portés à essayer du nouveau. Ils sont peu disposés à ramener de la nouveauté ou de la variété dans la chambre à coucher — si ces dernières y ont jamais occupé une place de choix.

«La situation est telle qu'une femme en est presque réduite à placer une annonce dans les journaux, vous savez ces courriers intimes des journaux jaunes, m'a dit une avocate de Houston d'une grande beauté. La mienne se lirait comme suit: «Ingénue recherche désespérément partenaire imaginatif. Soumettre vos idées les plus folles.» Naturellement, je ne le ferai jamais, mais c'est amusant d'y penser.»

Même les hommes qui aimeraient essayer des positions nouvelles ou bizarres hésitent, par peur de la réaction de leur partenaire. «Certainement que j'aimerais du neuf, avoue un résident de Newton, Massachusetts. Depuis 15 ans, j'entretiens le phantasme de porter un anneau pénien. Ce phantasme me hante à chaque fois que je fais l'amour. Je meurs d'envie d'essayer cela, et bien d'autres choses. Mais que va penser mon épouse?»

Les femmes à qui j'en ai parlé m'ont dit qu'elles penseraient probablement que c'est une idée fantastique. Les femmes sont en réalité beaucoup plus réceptives que les hommes à la nouveauté dans les relations sexuelles; elles accordent également une plus grande place à la fantaisie. «J'ai quelque part derrière la tête une liste de choses que je veux essayer», m'a confié, l'œil brillant, une femme d'affaires de Hartford, «et je me promets que dès que j'en aurai l'occasion...»

Si vous doutez un instant de la richesse des phantasmes féminins, il vous suffira de consulter un exemplaire du livre de Nancy Friday intitulé *Mon jardin secret: les femmes et leurs phantasmes*. L'auteur a interviewé des centaines de femmes en leur demandant de décrire les phantasmes qu'elles entretenaient en faisant l'amour ou en se masturbant. Elle publia également des annonces dans différents journaux, demandant aux femmes de lui expédier la description écrite de leurs phantasmes les plus intimes. Nancy Friday reçut par la poste des centaines de réponses révélant que la femme américaine possède une activité sexuelle imaginaire remarquable.

De quoi sont faits ces phantasmes? Les composantes en sont nombreuses: viol, asservissement, domination, organes sexuels démesurés, fétichisme, bestialité, inceste, rencontre avec une lesbienne, relation sexuelle avec un homme âgé, avec un jeune homme, avec des acteurs célèbres, avec des vedettes sportives.

Naturellement, il est clair que très peu de femmes désirent voir leurs phantasmes se matérialiser. Un phantasme habitant l'imaginaire complète l'acte physique et en exaspère l'érotisme. La femme ne désire pas vraiment se faire attacher avec des cordes ou se faire dominer par quelque brutal étranger; il lui suffit de rêver son phantasme, de le partager avec son mari ou son amant si elle le peut, et de demander d'être traitée avec autorité de temps à autre.

Pourquoi les hommes hésitent-ils à s'aventurer trop loin de la position du missionnaire, ou à aborder la sexualité orale? Cela s'explique encore par la même vieille raison: l'insécurité. Plus ils s'impliquent dans des activités sexuelles nouvelles pour eux, moins ils se sentent en sécurité. «Naturellement que j'y ai pensé, m'a répondu un homme marié. J'ai même imaginé des choses dont je n'oserais pas parler. Mais il y a loin de l'imaginaire aux actes. J'aimerais mieux mourir que de me voir surpris à les faire.»

Une autre raison qui empêche les hommes de se montrer plus aventureux au lit, c'est leur crainte de sembler pervers. Ils ne se perçoivent pas comme tels et ne veulent pas que d'autres aient cette impression. «Il y a bien sûr toutes sortes de perversions à New York, m'a dit un avocat de Wall Street portant un complet trois pièces, mais ce ne sont pas là des pratiques pour des gens comme moi. Pourriez-vous m'imaginer sanglé de cuir? Je ne verrais pas non plus ma femme vêtue d'une de ces culottes sans fond.»

L'ironie de tout ça, c'est que beaucoup d'hommes évitent de se montrer imaginatifs en amour par crainte que leur conjointe y prenne goût, *un peu trop*. Ces hommes préfèrent considérer les femmes avec lesquelles ils sont sérieusement impliqués comme virginales, même après des années d'activité sexuelle. Le fait de restreindre le registre de leurs pratiques sexuelles leur aide à conserver cette illusion.

Tenter de faire l'amour en ayant comme attitude que les phantasmes sexuels sont malsains, c'est un peu comme essayer d'attacher ses chaussures les mains liées dans le dos. Les phantasmes, masculins ou féminins, font partie intégrante de la sexualité au même titre que l'érection ou l'orgasme. Certains experts en sont même arrivés à la conclusion que toutes les érections masculines de même que les orgasmes féminins résultent de phantasmes, bien que ceux-ci soient totalement subconscients.

Alors pourquoi supprimer l'imagination et limiter le plaisir? Pourquoi éviter d'utiliser des variations nouvelles et risquer de devenir un amant ennuyeux? Certains hommes croient qu'une activité sexuelle est perverse ou malade simplement parce qu'elle est inhabituelle ou bizarre. Il n'en est rien. Ce n'est pas ce que vous faites qui est pervers, mais plutôt la raison pour laquelle vous le faites.

L'homme qui, à l'occasion, aime voir sa femme prendre plaisir à s'habiller de cuir et à jouer le rôle de «maîtresse», rend service à celle-ci, à lui-même et à leur relation. Cependant, l'homme qui ne réussit à éjaculer que lorsqu'il est fouetté par une personne dominatrice, quelle qu'elle soit, devrait consulter un psychiatre.

Une des meilleures manières de vivifier une relation, ancienne ou récente, consiste à explorer de nouvelles possibilités sexuelles. «Nous serions divorcés depuis longtemps», affirme une ménagère de Miami qui avoue aimer, à l'occasion, enduire le pénis de son mari de crème fouettée, «si nous n'avions pas été prêts à explorer l'inédit. Les gens seraient beaucoup plus heureux si, plutôt que de changer de partenaire sexuel, ils essayaient de changer ce qu'ils font avec le même partenaire.»

## La masturbation

La plupart des hommes considèrent la masturbation comme une solution de pis-aller pour les nuits solitaires. En réalité, il peut s'avérer excitant et très intime pour un couple de se masturber ensemble. Après tout, il s'agit de demander à votre amie ou épouse de partager une de vos actions les plus privées.

Une femme de Boston m'a dit ceci au sujet de la masturbation comme partie d'une relation sexuelle: «Il n'y a pas très longtemps, j'ai fait l'amour pour la première fois avec un homme beaucoup plus jeune que moi. Après un moment, il m'a demandé si je voulais me masturber devant lui. Il m'a dit qu'il n'avait jamais vu une femme se masturber et qu'il croyait que ce serait vraiment sexy. Je lui ai répondu que je le ferais, mais à condition qu'il le fasse également. Nous étions là chacun de notre côté à nous caresser, sans aucun contact physique entre nous. Toute notre intimité s'est concentrée dans nos regards. J'ai eu un orgasme comme rarement j'en ai ressenti. Il a fait de même presque en même temps que moi. Ce jeune homme avait raison. C'était très sexy.»

## Prendre des photos

«Beaucoup de femmes aiment poser, m'a dit une personne qui aime prendre des photos au lit. À condition qu'elle n'interfère pas avec l'étreinte sexuelle, cette pratique a quelque chose de très stimulant. Si vous utilisez un contrôle à distance et que vous avez un peu de flair, vous pouvez vous surprendre vous-même en flagrant délit.»

Utilisez une caméra Polaroïd. De cette façon, le technicien du laboratoire ne pourra pas en faire de copies supplémentaires au développement et vous pourrez en partager les résultats immédiatement. Vous devriez également prévoir de lui remettre les photos si vous rompez. De cette façon, votre ex-amie sera assurée que personne ne les verra par inadvertance.

Si vous découvrez que votre partenaire a un côté exhibitionniste et que vous possédez une enregistreuse vidéo, vous pouvez tenter l'expérience de faire vos propres films «réservés aux adultes». Vous ne pourrez pas les comparer aux productions d'Hollywood, mais vous pourrez les visionner ensemble et en rire, ou encore mieux, ils pourront vous placer dans l'ambiance nécessaire à une reprise de l'action.

## La pornographie

Beaucoup d'hommes croient que les femmes trouvent la pornographie répugnante. Même chez les femmes, on croit généralement que la femme réagit davantage aux mots qu'aux images. Une jeune journaliste de New York m'a dit: «Tout comme les hommes réagissent aux illustrations, les femmes semblent réagir davantage aux passages érotiques des romans. Pourquoi croyez-vous que les romans érotiques se vendent tellement?»

La réalité est tout autre selon le célèbre *Rapport Kinsey* qui date d'il y a quelques années. Selon ce rapport, les femmes seraient davantage stimulées que les hommes par les films et les livres érotiques. Les hommes sont toutefois plus susceptibles d'acheter ce matériel, car les femmes se sentent mal à l'aise de fréquenter les sex-shops et les cinémas pornos.

La solution est que l'homme y escorte la femme. Vous serez surpris de constater à quel point le fait de voir d'autres personnes faire l'amour peut communiquer à une femme le goût de le faire elle aussi. «J'avais, depuis un certain temps, une amie avec laquelle j'avais le goût de faire l'amour, mais je n'étais pas certain qu'elle fût prête à le faire. Ses signaux étaient confus.

«Nous venions de sortir d'un restaurant et nous marchions en cherchant un bon film. Nous sommes passés devant un cinéma et elle s'est rendue voir les affiches près du guichet et m'a dit: «C'est celui-là.» C'était un film pornographique intitulé *Behind the Green Door*. Ma surprise fut de taille. Il m'a semblé que c'était un signal positif! Je dois dire que le film était un navet, mais ce que nous avons fait à mon appartement en fin de soirée méritait un Oscar.»

## Les gadgets sexuels

Deux corps nus offrent une telle gamme de possibilités de donner et de recevoir des plaisirs émotifs et physiques qu'il est difficile de penser y ajouter quelque chose. Il semble toutefois que nous ne sommes pas la première société qui a voulu améliorer ce que la nature offrait de mieux. Les archéologues ont découvert des pénis artificiels dans des vestiges de l'ancienne Grèce, du Japon médiéval et de l'Afrique.

Si vous pensez que le fait d'essayer un de ces nouveaux jouets sexuels fait de vous un dégénéré, c'est sans doute que vous ignorez que 40% des répondants à l'enquête de *Redbook* ont admis utiliser pour se stimuler sexuellement, du moins à l'occasion, des livres d'illustrations ou des films érotiques. La moitié de ces personnes, soit 29% des répondants, ont déclaré avoir déjà utilisé des vibrateurs, de l'huile, des plumes ou d'autres objets pendant une relation sexuelle.

Le jouet sexuel le plus répandu est le vibrateur, qui est offert en plusieurs variétés. Certains s'adaptent sur le dessus de la main et leurs vibrations se transmettent à travers la main et les doigts. Certains sont à usages multiples et munis de plusieurs accessoires. Le modèle le plus courant consiste en un long cylindre de matière plastique que, durant une entrevue, une femme a qualifié de «pénis artificiel par excellence de notre société mécanisée».

Les vibrateurs n'ont pas pour seule fonction de se substituer au phallus lorsqu'une femme est seule; ils servent aussi couramment à prolonger une relation sexuelle au-delà de la capacité masculine normale. Dans l'enquête de *Redbook* de 1975, 39% des femmes interrogées ont dit utiliser le vibrateur au cours de leurs relations sexuelles.

Si vous mentionnez la possibilité d'utiliser ces jouets sexuels à votre partenaire et qu'elle semble intéressée, ce serait une bonne idée de l'amener avec vous visiter une de ces boutiques spécialisées. La visite en elle-même est souvent excitante pour la femme qui n'a jamais été exposée à un tel étalage. Laissez-la faire son choix parmi tous ces dispositifs plus ingénieux les uns que les autres: stimulateurs pour le vagin (gaines à nervures portées sur le pénis et destinées à stimuler le vagin); anneaux péniens (en cuir, métal ou caoutchouc) que l'homme porte sans problème autour du pénis ou des testicules pour augmenter sa sensibilité et prolonger son érection; enfin tout un assortiment de vêtements, de ceintures et de courroies. Vous aurez au moins l'occasion de rire si vous n'achetez rien.

Vivre un phantasme peut vraiment transformer la vie sexuelle de quelqu'un. Il y a plusieurs années, je connaissais une ravissante blonde nommée Christine. Elle était du Midwest et portait des chandails qui lui moulaient les seins à la manière de Lana Turner. Elle étudiait à la faculté de médecine lorsqu'elle est tombée follement amoureuse d'un finissant argentin nommé Enrico.

Un jour, en prenant un café avec moi, elle se montra soudainement nerveuse.

— Je suis un peu gênée de te le dire, m'avoua-t-elle, mais je meurs d'envie d'essayer l'asservissement et le sadisme.

— Lequel des deux? lui demandai-je, en essayant de dissimuler mon étonnement.

— L'asservissement. J'ai toujours voulu me faire attacher et je crois que je devrais l'essayer. Sinon, je garderai l'impression que j'aurais dû le faire. J'ai pensé répondre à une annonce.

Elle me montra une annonce, dans la rubrique personnelle d'un journal, qu'elle avait encerclée: *«Homme bonne apparence offre domination douce. Attacherait jolie femme et lui donnerait bonne fessée.»*

— Tu dois blaguer, lui dis-je, horrifié. Ce pourrait être très dangereux pour toi.

— Il y a peut-être un certain danger.

— Un danger certain, plutôt!

— C'est pour cela que j'ai voulu t'en parler auparavant. J'ai pensé que tu accepterais de rester près du téléphone pour que je puisse t'appeler si les choses tournaient mal.

— Ça ne te servirait pas à grand-chose que je sois près du téléphone s'il t'attache et commence vraiment à te faire mal. Il ne va pas signaler mon numéro à ta place? Tu n'as pas demandé à Enrico? Peut-être qu'il accepterait.

— Je lui ai déjà suggéré, et il n'a fait qu'en rire. Je ne pense pas que ces pratiques soient tellement répandues en Argentine.

— Tu devrais essayer une autre fois. Ce serait mieux que de te faire attacher par un maniaque.

Christine demanda encore une fois à Enrico et, finalement, il accepta. Elle fut toute surprise, et Enrico aussi probablement, de constater qu'il avait même aimé ça.

«Notre relation s'en est trouvée vraiment améliorée, m'a dit Christine quelque temps après. Nos relations sexuelles commençaient à devenir ennuyeuses et c'est ce qu'il nous fallait. Tout est redevenu comme au début de notre rencontre. Mais il y a un petit problème, me dit-elle dans un éclat de rire. Maintenant, je veux attacher Enrico.»

# XI

# Apprendre des professionnels

Au cours de mes études de droit, j'avais l'habitude de jouer au tennis deux fois par semaine avec un ami du nom de Roger, originaire de Colombus, Ohio. La chose qui me surprenait le plus chez lui, à part la rapidité de son service au tennis, était la quantité d'argent qu'il semblait avoir. Tandis que j'étais continuellement à court d'argent, il ne semblait pas capable de dépenser tout le sien. Alors je parvenais avec grand-peine à payer mes frais de scolarité, Roger était toujours bien habillé, conduisait une Porsche et avait toujours une belle fille à son bras.

Je n'avais aucune raison de croire qu'il avait une fortune personnelle et, à ma connaissance, il n'avait pas d'emploi à temps partiel. C'était le mystère complet et plusieurs personnes se demandaient d'où Roger tenait tout cet argent. Une nuit, au cours des examens de deuxième année, j'appris la source de sa richesse.

Il était environ deux heures du matin, nous avions révisé des causes depuis le matin précédent et, une fois terminée notre révision, nous nous étions rendus dans un bar du voisinage. Je ne sais si c'est la pression des examens, le désir de m'impressionner, ou le besoin de libérer sa conscience qui amena Roger à faire des confidences. Toujours est-il qu'il m'annonça, en buvant son scotch, qu'il avait un travail à temps partiel: il payait ses études de droit en se prostituant. Il était gigolo. Jusque-là, je n'avais jamais pensé grand-chose des gigolos. Je suppose que je pensais que c'étaient des gars qui conduisaient des Corvette, portaient des chaînes en or et des chemises de soie, se lissaient les cheveux et sentaient l'eau de Cologne bon marché. Je ne me les imaginais pas fréquentant la faculté de droit ou nés à Colombus, Ohio.

«Je n'ai jamais pensé que les gigolos existaient vraiment, lui dis-je. On voit des prostituées faire le trottoir tous les jours, mais les gigolos ne se voient pas. À tout le moins, on ne sait pas qu'ils en sont.»

«Il faut dire, commença Roger, que les gigolos ne sont pas exactement la même chose que les prostituées. Les femmes ne recherchent pas la même chose que les hommes sur le plan sexuel. Un homme sort sur la rue et paie pour une nuit d'amour. Une femme va plutôt «entretenir» un homme. Elle peut commencer par payer ses factures, prendre soin de lui puis, en retour, ce dernier la rembourse en relations sexuelles. Naturellement, il existe des gigolos qui sont au service des femmes un jour à la fois, mais la plupart restent simplement des hommes entretenus.»

Lorsque je fus remis de la surprise que m'avait causée son aveu, ma curiosité prit le dessus. Combien de temps? À quelle fréquence? Combien? Mais par-dessus tout, pourquoi?

«C'est un peu par hasard que j'ai commencé ce métier, me dit Roger. Tout a commencé avec une des responsables d'un bureau d'avocats pour laquelle je travaillais l'été dernier. Elle avait environ 45 ans, les cheveux blond miel. Je dirais sexy, car j'ai toujours été attiré par les femmes plus âgées que moi.

«Nous avions travaillé très tard et elle m'a invité à dîner au restaurant. Nous avons bu deux bouteilles de vin; elle m'invita à son appartement et, une chose en entraînant une autre, nous avons brisé la règle de base des bonnes relations patronne-employé. Lorsque je suis retourné chez moi le lendemain matin, j'ai trouvé trois billets de 100 $ dans une poche de mon pantalon. Peu de temps après, elle m'a présenté à quelques-unes de ses amies et j'en suis venu à avoir une liste de clientes plus prestigieuse que celle de mon bureau.

— Pourquoi?

— De toute évidence, on y fait un argent terrible. Même des avocats n'en gagnent pas autant. Quoique l'argent ne me suffirait pas si je ne me sentais pas bien. Mais je me sens bien à le faire. La plupart de ces femmes sont véritablement malheureuses. Elles sont mariées à des empesés. Elles ne sont jamais satisfaites sexuellement. Elles viennent me voir pour que je leur donne cette satisfaction ainsi que de l'attention, de l'affection, enfin tout ce qu'elles ne peuvent pas trouver ailleurs. J'y prends beaucoup de plaisir.»

Roger est toujours mon ami, mais il a changé de métier. Il a maintenant un bureau d'avocat à Chicago. La dernière fois que je l'ai vu, il m'a appris qu'il venait d'avoir un troisième enfant avec la femme qu'il a épousée il y a six ans.

L'histoire de Roger m'étant revenue à l'esprit, je me suis demandé s'il y avait quelque chose à apprendre des gigolos au sujet des relations sexuelles. Un «callboy» de 25 ans, qui réussit très bien présentement à Chicago, m'a dit: «Le plus important c'est de faire en sorte qu'une femme se sente bien dans sa peau. Lorsqu'une femme vient me voir, j'essaie qu'elle ait le sentiment d'être la femme la plus belle et la plus sexy au monde. Certaines de mes clientes sont relativement âgées. Elles ont 20, 30, ou même 40 ans de plus que moi. Ceci peut rendre la situation un peu bizarre, particulièrement au lit. Mais elles veulent toutes se sentir la plus belle et la plus sexy. En fait, moins elles sont belles et plus elles recherchent ce sentiment.

«Je commence en leur disant des choses gentilles et toutes simples comme: «Tu sens tellement bon», ou «Tes mamelons sont magnifiques». Ensuite, je leur dis quelque chose d'un peu plus osé comme: «Tu m'excites», «Tu es belle», «N'arrête pas, tu me rends fou». Enfin, ce genre de compliments. Cela les met à l'aise, leur permet de se détendre.

«La nuit devient longue quand une femme ne se détend pas.

«Au début, elles ne me croient probablement pas. Elles se disent: «Il dit ça pour l'argent.» Ça se voit sur leur visage. Mais après un certain temps, elles commencent habituellement à aimer ça. Tôt ou tard, elles se laissent aller à me croire parce qu'elles veulent me croire.

«Parfois, je me crois moi-même. En réalité, la plupart du temps, je m'y laisse prendre moi-même. Je n'ai plus besoin de jouer. Soudainement, je *suis* attiré par elles. J'aime véritablement la compagnie des femmes. J'aime leur parler, passer du temps avec elles. Je suppose que c'est une des raisons pour lesquelles les femmes me trouvent sexy. Je les adore de plusieurs façons.»

Sean, un des professionnels les plus recherchés et les mieux payés de la ville de New York, travaille pour une agence qui se spécialise dans les réalisations de phantasmes féminins.

«Tu serais surpris de savoir ce que certaines femmes pensent quand elles font l'amour, m'a dit Sean. La personne qui est entre ses cuisses n'est presque jamais celle qu'elle a dans la tête. Son mari ou son amant lui fait l'amour, mais dans sa tête elle pense à un ancien professeur, à un personnage de roman-savon, à une célébrité du cinéma. C'est habituellement le même phantasme qui revient encore et encore, avec une ou peut-être deux petites variantes. Ça devient une habitude et la femme a besoin d'y penser si elle veut obtenir un orgasme.»

Je lui ai demandé quelques exemples.

«Les phantasmes de domination tiennent une grande place. Par exemple, un homme qu'elle a vu sur la rue ou dans le métro pénètre dans sa chambre quand elle est seule. Il déchire ses vêtements, l'attache sur son lit, la force à la fellation, à l'appeler «Monsieur», ou à demander qu'il continue. C'est un genre répandu.

«Une femme peut cultiver le même phantasme pendant 10 ans et avoir toujours peur d'en parler à son mari. Elle craint sa désapprobation. Elle a peut-être raison, je n'en sais rien. Mais si j'étais à la place de cette femme, il me semble que je le raconterais et que je lui demanderais d'en partager le plaisir. S'il n'est pas disposé à le faire, s'il désapprouve, le problème devient différent.

«C'est à ce stade que les femmes téléphonent à mon agence. On note toute son histoire, même les détails; puis on me donne l'information pour que je sache quoi faire, quel est mon rôle. Un des avantages de travailler pour une agence, c'est que la cliente n'a pas peur de moi. Elle sait que je ne suis pas un hurluberlu. Elle sait aussi que je ne la considère pas comme dégénérée, que je n'éclaterai pas de rire au mauvait moment. Après tout, comme elle sait que c'est mon gagne-pain, elle peut penser que j'ai déjà fait des choses plus bizarres dans mon travail. Ce qui est vrai la plupart du temps.

«Je ne pense pas que les gens comprennent vraiment ce que signifie pour quelqu'un de vivre finalement un phantasme qui parfois l'a hanté toutes les nuits pendant 30 ans. Leur seul plaisir devient une stimulation. Parfois, c'est un moment unique dans une vie.»

J'ai demandé à Sean s'il se souvenait de phantasmes particulièrement mémorables. Il hésita un peu. «Je me souviens d'une femme, elle devait avoir 50 ans, qui dans son phantasme se voyait «cheer leader». Après une partie de football, elle demeure sur place pour attendre 2 ou 3 joueurs. Ils arrivent et la surprennent dans un petit coin près du terrain. Ils portent encore leur tenue de jeu et sentent la sueur.

«Tous les détails y sont. Elle ne porte pas de petite culotte. Elle relève sa jupe et, l'un après l'autre, ils lui lèchent le sexe pendant qu'elle se tient debout. Puis, toujours habillée en «cheer leader» et les joueurs en tenue de jeu, elle a une relation sexuelle avec chacun d'eux, à tour de rôle. Finalement, pendant que l'un des trois la pénètre, elle prend le pénis d'un autre dans sa bouche et masturbe le troisième avec sa main. Toute une mise en scène.

«Mon agence a vraiment satisfait celle-là. On avait demandé à trois d'entre nous de ne pas prendre de douche cette journée-là, on nous avait trouvé trois vieux uniformes de football, et cette nuit-là à l'hôtel, nous avons réalisé tout son phantasme, étape par étape. Elle a eu les orgasmes de sa vie. Je parierais qu'elle en garde le sourire.

«Elle a dû payer une fortune et devait se sentir un peu mal à l'aise, au début, de sauter dans la place, vêtue d'un uniforme à pompons. Nous aussi, nous nous sommes fait regarder curieusement lorsque nous sommes entrés à l'hôtel habillés en joueurs de football. Mais tout ça en valait la peine. Cette nuit-là a probablement été la meilleure que cette femme aura vécue. C'était excitant d'en faire partie.»

Jim vit dans une luxueuse suite d'hôtel à Atlanta que lui paie une richissime veuve plus âgée que lui. Il m'a raconté:

«Lorsque des gens apprennent que je suis un homme entretenu, ils concluent automatiquement que je dois être équipé d'un pénis hors pair. Comme je gagne ma vie avec mon sexe, ce n'est pas surprenant qu'ils tirent cette conclusion. Mais je vais vous confier un secret. Il n'en est rien. Mon pénis mesure un peu moins de douze centimètres (5 pouces) en érection, ce qui me place au-dessous de la moyenne.

«Beaucoup d'hommes mieux équipés que moi sont des amants médiocres. Ils ne savent pas prendre leur temps. Ils prennent pour acquis que les femmes adorent tout ce qu'ils font. Ils ne savent même pas qu'un gros organe peut parfois blesser une femme, spécialement si elle n'est pas prête à le recevoir.

«Bien sûr, certaines femmes aiment les étalons. Mais je crois qu'elles font exception. Cependant, j'ai la preuve par mon expérience qu'à condition de savoir s'en servir, un petit pénis peut satisfaire une femme tout autant qu'un gros. Un homme qui en a un petit doit compenser par beaucoup de jeux préliminaires, utiliser ses doigts et sa langue. De toute façon, beaucoup de femmes n'ont pas d'orgasme durant la pénétration. Je n'irai pas jusqu'à dire que c'est un avantage. Lorsque les femmes me voient nu pour la première fois, elles sont un peu désappointées. Mais ça ne dure pas longtemps.»

Un colosse blond et bronzé que l'on aperçoit de temps à autre comme figurant dans les séries télévisées comme *La croisière s'amuse* et *Dukes of Hazard* est gigolo à Los Angeles. Il m'a dit que sa dame actuelle, une vedette de cinéma des années 40, ne voulait pas vraiment avoir de relations sexuelles. «Le sexe la dégoûte, a-t-il ajouté. La plupart du temps, elle ne désire que placer sa tête sur mon épaule; elle veut que je la prenne dans mes bras.

«Elle sait que je suis disponible sexuellement si elle le désire. Je fais tout ce qu'elle veut. Nous avons tout mis au clair dès le début. Mais ça semble lui suffire comme cela. J'ai passé la nuit dernière en la tenant dans mes bras, m'endormant, me réveillant et la serrant contre moi, puis me rendormant. Ce n'est pas trop mal, ça peut même améliorer la qualité des relations sexuelles lorsque vous en avez. La sensation devient plus intense parce qu'elle n'est pas automatique. C'est aussi quelque chose que beaucoup d'hommes ne connaissent pas. Une relation sexuelle avec votre partenaire, au milieu de la nuit, après avoir dormi quelques heures, a beaucoup de piquant.»

J'ai demandé à Jim, un gigolo de 32 ans habitant New York, s'il existait quelque chose que ses clientes appréciaient particulièrement, certains «trucs du métier». Après un instant de réflexion il me répondit: «Beaucoup de femmes adorent que je glisse mon doigt dans leur anus au moment de l'orgasme. Elles deviennent déchaînées.»

Je lui ai demandé si on désirait la pénétration anale.

— Oui, assez souvent. Peut-être une fois sur quatre.

— Comment sais-tu que c'est ce qu'elles veulent? lui ai-je demandé.

— C'est généralement facile à déduire. Elles tendent leur derrière.

— Et elles n'ont pas peur que ça fasse mal? ai-je ajouté.

— Peut-être, si elles ne l'ont jamais fait. Mais si vous procédez gentiment, ça ne doit pas faire mal, particulièrement lorsqu'une femme est détendue. Il faut qu'elle soit détendue. Ça veut dire que vous ne pouvez pas le faire directement. Vous ne le faites qu'après avoir fait l'amour pendant un certain temps, lorsqu'elle est très lubrifiée. Par ailleurs, la plupart des femmes ne détestent pas une *petite* douleur, du moment qu'elle n'est pas trop forte.»

Si une femme désire une pénétration anale, Jim commence par enduire la zone de salive. Une douche au préalable peut, selon lui, régler tous les problèmes «esthétiques». Puis il lubrifie l'endroit complètement. Bien que la gelée de pétrole soit plus difficile à nettoyer, il la préfère aux lubrifiants solubles dans l'eau, car ces derniers sèchent trop rapidement.

Puis Jim masse l'anus avec un doigt, faisant graduellement entrer celui-ci. Au début, l'anneau musculaire se referme involontairement. Il faut alors cesser la pénétration jusqu'à ce que ce muscle s'adapte à votre doigt. Une fois un doigt bien enfoncé, la résistance diminue de manière considérable.

Puis, pour agrandir graduellement l'ouverture, Jim insère un deuxième doigt. Ce n'est qu'une fois que la femme est complètement détendue qu'il lubrifie son pénis en érection avec d'autre gelée de pétrole et qu'il l'insère graduellement. Il commence lentement et prudemment, se tenant prêt à se retirer si la douleur devenait intense. Lorsqu'il est complètement entré, il s'arrête un moment pour permettre à la femme de s'adapter. Puis il commence un mouvement de va-et-vient, lent au début, puis plus rapide lorsqu'il est certain que la femme est à l'aise.

Jim affirme que l'on peut pratiquer la pénétration anale dans plusieurs positions. «La plus intéressante est celle où la femme, sur le dos, soulève ses jambes par-dessus vos épaules. De cette manière, il est possible de s'embrasser. Mais si c'est la première fois et qu'elle craint la douleur, vous essayez de vous placer sur le dos et vous la faites asseoir au-dessus de vous, de façon à ce qu'elle puisse guider votre pénis. En fait, si c'est la première fois, la position la plus confortable est probablement côte à côte, comme deux cuillères. C'est celle qui cause le moins de douleur.»

Jim ne l'a pas mentionné, mais j'ajoute qu'il faut *toujours* vous laver avant de réinsérer vos doigts ou votre pénis dans son vagin ou dans sa bouche. Autrement, il pourrait en résulter des problèmes de santé sérieux.

Rick est un gigolo très populaire à New York. Il a joué deux ans comme arrêt-court dans une équipe professionnelle de base-ball. Il conserve toujours les manières et le physique d'un athlète de métier. Contrairement à son collègue Sean, lorsqu'une femme veut faire l'amour, il essaie de lui laisser l'initiative. «Je lui dis simplement que je suis à sa disposition, raconte-t-il. Ce qui la rend heureuse me rend aussi heureux.

«Au début, certaines femmes ne semblent pas aimer donner des ordres. Mais après un certain temps, elles s'y habituent. Si elles n'avaient pas un certain désir de contrôler le déroulement de la relation sexuelle, elles ne consentiraient pas à payer pour l'obtenir. Le pouvoir devient un véritable aphrodisiaque pour certaines femmes, quelque chose qu'elles ne goûtent pas souvent en amour. L'idée de m'avoir à leur entière disposition, prêt à faire tout ce qu'elles demandent ou à les laisser faire tout ce qu'elles veulent, les excite énormément. Si elles l'exigent, je suis même prêt à jouer l'esclave.»

— Quelles sortes de demandes reçois-tu de la part des femmes? lui ai-je encore demandé.

— La presque totalité des femmes veulent le cunnilingus. D'après ce que je peux constater, il n'y a pas beaucoup d'hommes qui pratiquent la sexualité orale. Les femmes adorent ça, mais elles semblent en être privées. Je pense que c'est pour ça que les femmes achètent mes services. Elles ont peur de le demander.»

Des conseils du même genre m'ont été prodigués par un homme de Palm Beach ayant un accent espagnol et l'apparence des vedettes sud-américaines du cinéma des années 50. On le voit partout dans les grands restaurants et les clubs en compagnie de jolies dames aux cheveux argentés. «Il est important de savoir quand laisser l'initiative à une femme, m'a-t-il dit. Beaucoup de gens pensent que j'ai du succès parce que la femme demeure étendue sur le dos et que je fais tout. Mais c'est tout le contraire, je suis populaire parce que je laisse ces femmes me faire l'amour. Elles préfèrent cela. Il est important de s'en apercevoir rapidement, il faut demeurer attentif. Si vous poussez lorsqu'elle veut pousser, vous êtes un piètre amant.

«Vous devez être prêt à ce qu'elle vous demande de prendre l'initiative. Je m'essaie et je lui demande de me laisser lui donner des ordres. Je lui dis de se servir de sa bouche, de faire ceci ou cela avec sa langue, enfin ce genre de choses. Crois-moi, je lui laisse savoir tout le plaisir qu'elle me donne. Je lui répète plusieurs fois à quel point elle me donne de la jouissance.»

Un autre gigolo de Chicago m'a parlé de sa spécialité: «Les massages, c'est ce que je fais le mieux. Et c'est pour cela que l'on retient mes services. Je ne parle pas des massages courants, de ceux que l'on peut se faire donner dans les salons de beauté. Je donne des massages sexuels.»

Je lui ai demandé quelle était la différence.

«Un massage sexuel est un massage concentré sur les zones érogènes, mais qui s'arrête là.»

Intrigué, je lui ai demandé une description.

«J'utilise généralement de l'huile. Je préfère l'huile végétale à l'huile de bébé parce que la peau ne l'absorbe pas aussi rapidement. Je prends de l'huile d'amande, d'avocat ou d'olive. On peut en améliorer l'odeur en ajoutant quelques gouttes de parfum. J'utilise un peu de mon eau de Cologne; l'huile prend alors mon odeur. Les femmes attachent beaucoup d'importance aux odeurs. De cette manière, elles se souviennent de moi et des plaisirs que je leur ai donnés.

«Parfois je réchauffe l'huile un peu. Il ne faut pas trop le faire, car vous pourriez vous brûler. J'en vérifie toujours la température en déposant quelques gouttes sur mon poignet avant de l'étendre sur le corps d'une femme.

«Lorsque vous commencez à masser, ne vous arrêtez pas. Pas même un instant. Si vous voulez reprendre de l'huile avec vos mains, restez quand même près d'elle. Placez votre jambe sur elle, ou prenez une autre posture. L'important est de ne pas interrompre le contact. Une fois que vous cessez de la toucher, le charme est rompu.

«Je travaille en trois phases.

«En premier, je touche les zones non érogènes. Par exemple, l'arrière du cou, les mollets, le milieu du dos. Je les masse à fond.

«Ensuite, j'aborde les zones environnant les zones érogènes. L'estomac, les fesses, l'intérieur des cuisses, les oreilles, l'intérieur des coudes, l'intérieur des genoux.

«Finalement, je me tourne vers les zones érogènes, principalement les seins, les mamelons, le vagin. Je continue à penser massage. C'est important car de cette manière une femme peut devenir stimulée, mais pas trop, du moins pas encore.»

Je lui ai demandé de me recommander certaines techniques.

«Pour le mamelon, on peut aligner ses deux pouces de chaque côté puis les bouger dans des directions opposées. Faites-le pendant un certain temps en différentes positions tout autour du mamelon. Vous en verrez les heureux résultats.

«Pour le vagin, je fais aussi quelque chose de particulier. Si son vagin s'est lubrifié naturellement vous commencez par lubrifier vos mains. Tout d'abord, je presse avec mon pouce sur un point situé entre le vagin et l'anus. Cette caresse en elle-même donne une très agréable sensation.

«Ensuite j'avance mes pouces en droite ligne jusqu'aux petites lèvres et je sépare mes pouces en les amenant sur les grandes lèvres. Je les ramène ensuite jusqu'aux petites lèvres puis au point de départ au-dessous du vagin. Je répète ce geste jusqu'à ce qu'elle devienne stimulée au point de ne plus pouvoir le supporter. C'est à ce point que le massage se termine et que commence l'acte principal.»

«S'il est une chose qu'une femme apprécie», m'a suggéré un homme de 35 ans de Los Angeles qui s'est fait entretenir par plusieurs femmes depuis l'âge de 18 ans, «c'est la capacité qu'a son partenaire de maintenir une érection. Spécialement si elle peut avoir des orgasmes multiples, une femme a besoin que vous restiez en érection assez longtemps pour pouvoir les lui donner, ce qui signifie 20 ou 30 minutes, parfois davantage. Il est cependant difficile de rester bandé aussi longtemps sans éjaculer. Mais j'ai appris comment faire.

«La façon de le faire, c'est d'avoir vous aussi de multiples orgasmes. La plupart des hommes ne se rendent pas compte qu'un orgasme n'est pas nécessairement une éjaculation. L'orgasme, ce sont ces légers spasmes que vous ressentez en éjaculant, mais vous n'avez pas besoin d'éjaculer pour les ressentir. Vous pouvez avoir cette sensation trois, quatre, cinq fois ou davantage avant d'éjaculer. En réalité, je crois qu'il serait possible d'en avoir davantage, mais après trois ou quatre, je ne pense pas que l'orgasme soit aussi bon lors de l'éjaculation.

«C'est donc meilleur pour mes partenaires parce que je peux garder mon érection plus longtemps, beaucoup plus longtemps. C'est aussi bien meilleur pour moi, car j'y prends également beaucoup plus de plaisir.»

Comment un homme parvient-il à atteindre des «orgasmes multiples»? lui ai-je enfin demandé.

«Je m'y prends de deux façons. Ou bien je pense à quelque chose qui n'a rien à faire avec la sexualité, dès que je sens que je pourrais éjaculer; penser aux séries mondiales de base-ball fonctionne toujours dans mon cas. Ou alors j'y parviens en enlevant la pression de ma vessie, de la même façon que lorsque l'on se retient pour ne pas uriner. Il y a une résistance qui s'exerce lorsque vous enlevez cette pression au moment où vous allez éjaculer. Ça peut sembler plus difficile que ça ne l'est, en réalité. Avec un peu de pratique, ça devient la chose la plus simple qui soit.»

Je laisse à mon ami Henry le soin de vous donner un dernier conseil: «J'ai toujours eu à cœur que la femme se sente appréciée, qu'elle soit sûre que je lui ferais l'amour avec ou sans argent.

«Les femmes avaient l'habitude de m'offrir un pourboire à la fin de la soirée, mais j'ai toujours refusé. Je répondais quelque chose comme: «Tout le plaisir a été pour moi.» Je voulais qu'elles pensent qu'il n'existait personne avec qui j'aurais préféré passer la nuit. Je voulais qu'après mon départ elles associent le temps passé ensemble à un véritable échange d'affection plutôt qu'à une transaction financière.»

Si ces hommes peuvent faire cela pour de l'argent, il ne devrait pas être difficile d'en faire autant par amour.

# XII

# Garder l'amour vivant

Oubliez tout ce que vous avez déjà entendu au sujet du mot *tension*. Ne pensez pas à un autre mot comme stress ou difficulté, pensez-y comme à une force positive.

Dans la nature, le mot tension se réfère à l'*équilibre* entre deux forces. Si, par exemple, deux planètes possèdent une attraction égale, il existe entre elles une tension. Si une des planètes perd une partie de sa force d'attraction, la tension, ou équilibre, est rompue et les deux planètes se séparent ou entrent en collision.

Ce n'est pas par coïncidence que les hommes et les femmes agissent de la même manière. Dans toute bonne relation, il s'établit une tension. Il existe un équilibre entre les forces. L'homme est attiré par la femme, et vice-versa. Les deux attractions sont de force plus ou moins égale. Si quelque chose perturbe cet équilibre, la relation est en difficulté.

Il y a toutefois plus dans une tension que le simple équilibre. La véritable tension est formée de deux forces qui se joignent pour atteindre une harmonie temporaire, une harmonie stable mais débordante d'énergie. C'est aussi une bonne définition de la meilleure forme de relation sexuelle.

J'aime associer cette tension au Tai Chi, un art martial oriental dont la popularité devient fort répandue en Amérique du Nord. Il y a un exercice de Tai Chi que vous devez faire avec un partenaire pour atteindre la bonne tension. Il s'appelle «pousser-tirer».

Les deux partenaires se font face et se touchent les avant-bras. Puis une des deux personnes commence à pousser. Il *ne s'agit pas* d'une épreuve de force. Son but est de travailler avec votre partenaire et de garder vos bras en contact constant tout en continuant à pousser.

Vous devez compenser la poussée de votre partenaire. Après un nombre suffisant de fois, on devient capable de «sentir» le niveau de pression, d'en prédire les changements et d'y répondre en tirant de son côté face à la poussée. Les deux personnes en viennent à agir comme une seule et même personne. Les mains peuvent bouger suivant les variations de la pression, mais elles demeurent stables parce que chacun des partenaires compense pour les changements de l'autre. Vous pouvez pousser très fort mais votre partenaire anticipera votre geste et absorbera cette force avant de vous pousser à son tour.

Dans cet exercice du «pousser-tirer» une grande quantité de force ou d'énergie est transmise par les mains et les avant-bras qui, malgré tout, demeurent stables, en parfaite tension. Lorsque vous arrêtez de faire l'exercice, vous pouvez presque sentir des étincelles d'énergie passer entre vous.

La plupart des femmes que je connais ressentent cette tension, même si elles ne lui donnent pas ce nom. Elles savent que cet équilibre est une partie importante de toute relation saine. «Lorsque je fais l'amour, m'a dit l'une d'elles, je veux dire quand je fais l'amour pour *vrai,* c'est comme si je marchais sur une corde raide. C'est comme si on marchait à deux sur une corde raide, mais sans avoir peur de tomber. C'est électrisant, car pour une raison ou pour une autre, nous pourrions tomber, si ça ne marchait pas. Mais quand ça marche, c'est sublime. Certains de nos rêves les plus intéressants se passent haut dans le ciel. Il existe un danger de tomber, c'est là le côté excitant, mais je n'ai pas peur.»

La tension rend passionnante la sexualité ou une relation interpersonnelle. C'est ce petit quelque chose en surplus dont une femme sait reconnaître la présence ou l'absence. La tension peut provenir de plusieurs sources. Comme pour le funambule, certaines femmes considèrent que la crainte d'un échec aide à créer cette tension. «La peur est toujours présente, m'a dit une amie new-yorkaise, elle accompagne partout l'amour et la sexualité. La peur fait partie intégrante d'une première rencontre. Vous ne savez pas à quoi vous attendre, il ne le sait pas lui non plus. Vous avez tous les deux un peu peur. Si tout fonctionne bien, cette peur devient délicieuse.»

Mais que se passe-t-il après la première rencontre, après la première relation sexuelle? Qu'arrive-t-il au milieu d'une longue relation lorsqu'il n'est plus possible d'avoir peur de l'échec, ou tout au moins que cette éventualité ne peut plus causer de préoccupation?

Une femme de ma connaissance, mariée depuis 10 ans, s'est souvent plainte à moi (lorsque nous étions seuls) que Bob, son mari, était très ennuyeux au lit. «Notre vie sexuelle ressemble à une commande d'épicerie, m'a-t-elle dit à un moment. Si j'ai faim, la nourriture est plus attirante ou j'en achète plus, mais c'est toujours une commande d'épicerie.» Voilà ce qui se produit lorsque la tension quitte la vie sexuelle.

Heureusement, la peur n'est pas la seule source de tension dans une bonne relation sexuelle. Il y a en a autant qu'il y a de relations sexuelles, bonnes et durables, et de femmes satisfaites. Encore mieux, la plupart ne s'évanouissent pas aussi vite que la peur de l'échec de la première fois. Tout comme l'exercice de Tai Chi entre deux personnes d'égale force, ces dynamiques conservent sa vigueur et son intérêt à une relation prolongée.

## Domination/Soumission

Il existe un vieux stéréotype selon lequel tous les hommes sont dominateurs et les femmes soumises. Les relations seraient conséquemment toutes déséquilibrées et sans tension. Maintenant que chacun des partenaires peut choisir son rôle, il se glisse un élément d'incertitude qui permet de créer une tension positive.

«Cela dépend de l'atmosphère, m'a dit un professeur de la banlieue de Boston. C'est ce que j'aime. Chaque soir, en nous couchant, nous nous caressons mutuellement tout le corps, c'est vrai. Après ça, tout peut se produire et c'est excitant. Nous faisons cela depuis cinq ans maintenant et j'ai toujours hâte à notre prochaine relation sexuelle.»

## Confiance/Vulnérabilité

Tout le monde, homme ou femme, oscille entre des moments de confiance en soi et des moments de vulnérabilité. Ce facteur est une source importante de tension sexuelle positive. Beaucoup de femmes trouvent irrésistibles les hommes qui sont sûrs d'eux-mêmes; cependant cet attrait disparaît rapidement si l'homme est incapable de se montrer vulnérable. «Je vais vous dire ce qui est sexy, m'a dit en confidence une employée de bureau de New York. C'est un homme tellement fort qu'il ne craint pas d'avouer de temps en temps qu'il n'est pas sûr de lui.»

Beaucoup de femmes partagent l'opinion que rien n'est plus décevant que la présivibilité. Un de mes amis semble être du même avis car il termine toujours nos conversations, particulièrement celles sur la sexualité, par la phrase: «Continue à les embrouiller.» Chaque fois qu'il faut tenter de deviner ce qui se produira la prochaine fois, à savoir si l'homme manifestera de l'autorité ou s'il avouera un besoin émotif, il existe une tension sexuelle et la sexualité y gagne en qualité.

## Tendresse/Passion

Autant la tendresse que la passion ont leur place dans un lit, mais l'un sans l'autre mène directement à l'ennui. «Certains hommes sont trop fringants, d'autres trop mous, m'a dit une femme. En ce qui me concerne, les deux genres me laissent indifférente. Pour une bonne relation sexuelle, il faut des deux en même temps. Une partie de moi-même veut de l'amour brut, l'autre cherche de la tendresse. Parfois, je pense que la seule solution consisterait à prendre deux hommes à la fois.»

Une femme ne devrait pas avoir besoin de se rendre à cette extrémité pour être satisfaite. Un homme qui peut exprimer en même temps de la tendresse et de la passion apportera à lui seul tout le piquant dont une relation amoureuse a besoin.

## Familier/Inconnu

Une façon d'alimenter une vie amoureuse est de rechercher un équilibre entre le familier et l'inconnu. Une femme qui veut explorer les frontières de l'incertitude ressemble un peu à celle qui aime jouer avec les possibilités de l'échec. Il y a toujours la possibilité de perdre quelque chose, de commettre une erreur, de causer du chagrin ou un malaise. Mais c'est justement ce qui rend le jeu excitant.

«On ne peut pas dire que je suis une expérimentatrice en amour, m'a affirmé une ménagère, mais de temps à autre mon mari essaie quelque chose de nouveau, quelque chose auquel je ne m'attends pas. Il est rusé. Il ne le fait pas très souvent, ce qui fait que je ne suis jamais certaine s'il a ou non une surprise pour moi. Et ses surprises en valent la peine.»

Un homme qui sait comment faire l'amour à une femme sait utiliser les divers moyens d'excitation sexuelle (et bien d'autres) dans le même but qu'il utilise diverses techniques et positions: pour rendre l'amour plus satisfaisant, plus significatif, pour qu'il y ait des étincelles.

Par exemple, un homme devrait pouvoir sentir qu'une femme désire jouer le rôle dominant et compenser en adoptant le rôle passif. Mais il devrait pas se limiter à ce rôle. Comme le partenaire dans la pratique du Tai Chi, il devrait exercer une certaine pression pour dominer, insuffisante pour la faire renoncer à dominer, mais assez pour provoquer une tension, une certaine incertitude quant à ce qui va se produire par la suite. La même sensibilité devrait permettre à l'homme de savoir quand répondre à l'assurance de la femme par de la vulnérabilité ou à la tendresse par de la passion. «Un des aspects les plus intéressants de la sexualité, c'est sa complexité, souligne une comptable d'un grand magasin. Il y a tellement de possibilités qui s'offrent simultanément. C'est comme le numéro de cirque dans lequel un homme fait tourner en même temps 15 assiettes sur des tiges de bambou. Une bonne relation sexuelle est comme ça.»

Il est utile d'être averti du rôle de la tension dans les relations sexuelles. Il est tellement facile de tomber dans les ornières de la routine ou de réagir à la situation. Beaucoup de femmes mariées à qui j'ai parlé m'ont dit que c'était là leur principal problème sexuel. «Tout est tellement prévisible, s'est lamentée une ménagère de New Jersey, je sais à quel moment il va pousser une exclamation. Je sais ce qu'il va dire, je connais la façon dont il grince des dents.»

«Je suis aussi mauvaise que mon mari, admet une femme mariée de New York. Chaque fois, c'est la même chose. Il fait une chose et j'en fais une autre, puis ça recommence. Parfois, je me sens comme une comédienne qui joue une pièce à Broadway pour la centième fois.»

Si un homme peut apprendre à saisir l'idée de tension créatrice dans une relation, que ce soit dans le lit ou en dehors, il vient de maitrîser une manière complètement nouvelle d'alimenter sa relation en énergie. Cependant, pour parvenir à une tension positive, il a besoin de la participation totale de sa partenaire. L'homme doit anticiper et faciliter l'implication de la femme dans une relation sexuelle. Ce n'est pas quelque chose qu'un homme peut ramener un soir à la maison et imposer dans sa relation. Le processus d'apprentissage, tout comme l'exercice du «pousser-tirer» en Tai Chi, doit être réciproque.

# XIII

# Les thérapies sexuelles

Beaucoup d'hommes qui ont des problèmes sérieux ont peur de rendre visite à un thérapeute sexuel. Peu importe le degré de difficulté que connaît leur relation, ils hésitent à consulter un spécialiste. «Je n'ai connu que deux vrais problèmes familiaux, m'a dit une ménagère du Connecticut; décider mon fils à faire enlever ses dents de sagesse et décider mon mari à consulter un thérapeute sexuel.»

Les femmes ne sont pas les seules à considérer quil est aussi difficile d'amener un homme dans une clinique sexologique que chez le dentiste. Les thérapeutes eux-mêmes se plaignent du fait que les hommes doivent être traînés jusqu'à leur bureau où ils entrent à reculons. «Chez tous les couples qui me consultent, déclare un sexologue bien connu de New York, il y a toujours une personne qui assume l'initiative, qui a eu l'idée de venir me consulter en premier. Neuf fois sur 10, pour ne pas dire 99 fois sur 100, c'est la femme.»

Pourquoi les hommes sont-ils aussi récalcitrants? Cela s'explique en partie par le phénomène machiste. Dans un de ses films, John Wayne a une réplique typique de cette mentalité. Quand Duke, le personnage qu'il incarne, réprimande un jeune homme qui vient de dire: «Je m'excuse.» Il lui répond: «Ne t'excuse pas, mon fils, c'est un signe de faiblesse.»

Les hommes ont tendance à se montrer plus sensibles aux critiques sur leurs pratiques sexuelles que disposés à faire quelque chose pour les éviter. Ils semblent avoir peur de devoir porter pour toujours un grand «I» sur leur manteau si on leur reproche leur impuissance ou «EP» s'ils ont une éjaculation précoce. En dedans d'eux-mêmes, ils sont tellement terrorisés par la pensée que ces choses pourraient être vraies ou irréversibles qu'ils sont incapables de faire face au diagnostic d'un expert. Même la suggestoin, venant de leur épouse ou d'un ami, qu'une consultation pourrait les aider peut être interprétée comme un rejet sérieux.

«Lorsque ma femme a mentionné que je devrais consulter un thérapeute sexuel, j'ai sauté au plafond», m'a dit un des quelques rares hommes qui ont accepté de discuter de ce problème avec moi. «J'ai pensé qu'elle employait un détour subtil pour me demander le divorce. J'en ai perdu le sommeil pendant une semaine et l'idée d'une relation sexuelle me faisait presque horreur. J'ai pensé: *maintenant* j'ai besoin d'une thérapie sexuelle. Et je lui ai donné raison en acceptant de l'accompagner chez un thérapeute.»

Il ne faut pas que la répugnance des hommes à demander l'avis des spécialistes mène à la conclusion qu'ils peuvent s'en passer. Les célèbres sexologues Masters et Johnson estiment qu'environ la moitié des hommes et des femmes des États-Unis ont des problèmes sexuels d'une nature ou d'une autre. Quant à mon expérience et à celle des femmes que j'ai interviewées, ce chiffre de la moitié serait conservateur.

«Je ne vous dirai pas le nombre d'hommes avec lesquels j'ai couché, m'a dit une ravissante rousse à l'emploi d'une compagnie d'informatique, mais je peux vous affirmer que trois ou quatre avaient de très sérieux problèmes sexuels.»

Pour en apprendre davantage au sujet des problèmes sexuels et de leur thérapie, j'ai rendu visite à un célèbre psychologue de Chicago qui se spécialise en thérapie sexuelle. Je voulais m'appuyer sur ses recommandations afin que mes lecteurs puissent trouver dans ce livre une meilleure compréhension de ce que peut faire un thérapeute sexuel et peut-être même penser à une cure à domicile.

## Pourquoi les hommes ont-ils des problèmes sexuels?

Pour les hommes comme pour les femmes, l'inquiétude est le pire problème. «Voici la première leçon, m'a dit le psychologue de Chicago. Si vous êtes anxieux au sujet de votre performance, il est beaucoup plus difficile d'avoir une érection et de la conserver. Si vous avez un problème d'érection, votre inquiétude brise le charme et vous n'avez aucune chance de parvenir à une érection complète.

«Le problème est que vous ne pouvez pas obtenir une érection avant d'avoir repris votre assurance et que vous ne pouvez pas reprendre votre assurance avant d'avoir eu une érection. La tâche du thérapeute est de briser ce cercle vicieux avant qu'il ne devienne incontrôlable.»

Des problèmes sexuels occasionnels peuvent très bien se résoudre simplement avec l'aide d'une partenaire sexuelle attentive. «Il existe toutes sortes de cures à domicile pour les problèmes sexuels mineurs, mentionne encore le psychothérapeute, il faut toutefois que vous ayez la bonne partenaire sexuelle.»

Par «bonne partenaire sexuelle», il signifie une personne qui est prête à accorder une grande priorité à vos besoins sexuels, pour régler vos problèmes, tout en acceptant que ses propres besoins viennent au second plan. Quelqu'un avec qui une relation sexuelle devient une expérience de tendresse, quelqu'un qui accorde plus d'importance à l'amour qu'à la sexualité.

## Que faire pour l'impuissance

«Je suis prête à laisser tomber toute activité sexuelle, déclare Nancy sur un ton dramatique. J'ai couché avec sept hommes différents au cours des quatre derniers mois. Je dis bien sept et pas une fois je n'ai eu une relation sexuelle convenable. Je ressens un échec cuisant. Je rencontre un homme plusieurs fois, nous nous plaisons, nous couchons ensemble et quelque chose tourne mal. Il n'a pas d'érection, il éjacule trop vite, il y a toujours quelque chose.

«Ma pire expérience a été avec Jon, un employé de mon bureau, ajoute-t-elle. C'est un gars extraordinaire. Sensible, intelligent, beaucoup d'humour. La première fois que je suis allée chez lui, nous nous sommes mis au lit, nous nous sommes caressés pour un certain temps et c'était agréable, mais il ne se passait rien. J'ai commencé à avoir un sentiment étrange. Il était là, serré contre moi, mais il n'avait pas d'érection.

«Puis, il me dit qu'il devait se masturber pour avoir une érection. Je n'en revenais pas. Il a essayé durant une quinzaine de minutes, mais sans succès. C'était tout à fait déprimant. Après quelque temps, il a offert de me reconduire chez moi. C'est une honte, mais je ne sais pas du tout comment me comporter devant ces problèmes.»

J'ai demandé au thérapeute ce qu'il aurait recommandé à Nancy si elle était venue le consulter. «Le problème, dit-il, dans une situation comme celle-là, c'est que beaucoup de femmes, en particulier les jeunes, se rendent elles-mêmes responsables des problèmes d'érection. Cependant, lorsqu'une femme prend de la maturité, elle devient généralement plus compréhensive. La plupart des femmes aiment un homme vulnérable, honnête et qui a des besoins sexuels à l'occasion. Elles aiment aussi être assurées qu'un homme veut avoir une relation sexuelle pour exprimer son amour, pas seulement pour soulager une tension sexuelle. Si Jon avait été honnête avec elle-même, elle lui aurait probablement donné ce dont il avait besoin, c'est-à-dire une relation sexuelle sans pression concernant la performance sexuelle.»

J'ai demandé à plusieurs femmes comment elles réagiraient à une requête aussi inattendue. Une amie de Boston m'apprit qu'un homme qu'elle trouvait sexuellement attrayant lui avait déjà fait une demande similaire. Il ne s'est pas excusé de son problème, m'a-t-elle dit. Il en a parlé comme d'une réalité toute simple. Plutôt que d'avoir été déçue, elle s'était montrée plutôt flattée qu'il lui ait fait suffisamment confiance pour partager son problème ouvertement. «Ce fut merveilleux, ajouta-t-elle, tellement honnête et si intime. C'était un défi. Cela réveillait mon instinct maternel. J'étais stimulée par la pensée que je serais peut-être la première femme qui lui permettrait d'avoir un orgasme. Je trouvais cette situation également libératrice car elle me mettait en contrôle. Bien sûr, il y a eu des moments extrêmement frustrants. Il a fallu trois mois avant qu'il ne se sente suffisamment à l'aise pour avoir une érection satisfaisante. Mais l'expérience a été gratifiante. Notre relation amoureuse est maintenant terminée, mais nous restons de très bons amis. Les femmes qui interprètent l'impuissance comme un signe de rejet font grandement erreur.»

J'ai demandé au thérapeute de Chicago quelle était la solution au problème de Jon. «Il doit commencer par se rendre compte qu'un homme ne peut pas avoir une érection simplement en la souhaitant. Un pénis ne se gonfle pas sur demande. Seulement l'excitation sexuelle peut donner une érection. Plus il s'inquiète au sujet d'une érection, plus il se distrait de l'excitation sexuelle qu'il peut ressentir et plus il devient improbable qu'il ait une érection. La meilleure cure consiste à coucher avec une femme en mettant de côté la possibilité d'entrer en érection et d'avoir une relation sexuelle complète.

«Un homme impuissant peut faire tout ce qu'il veut sauf la pénétration. Il peut embrasser, caresser, pratiquer la sexualité orale, mais il ne *doit pas* essayer d'avoir une érection. S'il commence à bander après quelques soirées d'activités amoureuses, il ne devrait pas essayer de se servir de son pénis. Il ne doit rien précipiter. Lorsqu'il commence à avoir régulièrement des érections, ce qui se produira, à moins que le problème ne soit de nature médicale, il pourra commencer à pénétrer le vagin de sa partenaire.

«Je lui recommanderais de laisser la femme diriger son pénis pour qu'il ne soit pas distrait par le mécanisme de la pénétration. Il doit se concentrer sur son plaisir. Une fois son pénis à l'intérieur, il peut commencer un lent mouvement de va-et-vient. Il ne doit pas s'inquiéter si son érection diminue. Elle va réapparaître, si ce n'est pas le soir même, ce sera le soir suivant. Je lui recommanderais également de ne pas se préoccuper d'orgasme, que ce soit le sien ou celui de sa partenaire. Cela créerait une pression additionnelle dont il n'a pas besoin à ce stade.

«S'il procède de cette manière et qu'il réussit à oublier son inquiétude, il finira par avoir un orgasme. Qu'il le recherche ou non, il ne pourra pas s'empêcher d'éjaculer. Et une fois qu'il aura eu son premier orgasme, il aura surmonté son blocage psychologique. À partir de ce moment-là, il ne devrait plus y avoir de problème.»

## Que faire au sujet de l'éjaculation précoce?

Beaucoup d'hommes, possiblement la majorité d'entre eux, éjaculent bien avant d'avoir amené leur partenaire jusqu'à l'orgasme. Il résulte de cela que beaucoup de femmes, dans une proportion équivalente, sont insatisfaites de leur vie sexuelle.

Le terme «éjaculation précoce» est bien entendu un terme relatif. Une éjaculation est prématurée simplement par le fait qu'elle se produit avant l'orgasme de la femme. Il n'existe pas de formule écrite, il s'agit tout simplement de coordonner son éjaculation, pour maximiser le plaisir de sa partenaire. La difficulté, c'est que la femme prend plus de temps que l'homme pour parvenir à l'orgasme. Il lui faut parfois 20 minutes ou davantage.

Naturellement, vous pouvez continuer à caresser son clitoris après avoir éjaculé. Mais une relation sexuelle est tellement meilleure pour vous deux si vous apprenez à maintenir une érection le plus longtemps possible. Cela est *possible*. Même que, selon les pratiques sexuelles du Tantra hindou, l'ultime réussite sexuelle pour un homme consiste à pouvoir maintenir une étreinte sexuelle pendant plus d'une heure, sans *jamais* éjaculer.

Que peut faire un thérapeute concernant l'éjaculation précoce? «Il existe une quantité de *mauvais* moyens pour prévenir l'éjaculation précoce, répond mon thérapeute. Comme la cause du problème est dans le cerveau, beaucoup de cures peuvent détourner votre pensée de la sexualité tout en stimulant votre corps. L'idée générale de ces cures est de vous amener à penser à quelque chose qui n'a rien à voir avec votre relation sexuelle, ou de vous distraire, par la douleur habituellement; se mordre les lèvres ou se pincer.

«Le problème que comportent ces deux approches est précisément qu'elles détournent votre attention. Je me souviens qu'un jour l'épouse d'un patient s'est écriée: «Je m'en fiche que son pénis reste dans mon vagin. Qui s'intéresse au pénis si le cœur et l'esprit sont absorbés par une partie de base-ball? C'est tout mon mari que je veux, pas seulement ses organes génitaux.» Je crois l'avoir répété à des centaines de patients. Lorsqu'on fait l'amour, la concentration est plus importante que la pénétration.»

Quels sont les «bons» moyens de prévenir une éjaculation précoce? «Comme dans toutes les thérapies, la première condition en même temps que la plus importante est d'avoir une partenaire coopérative et affectueuse. La procédure est connue sous le nom de «technique de pression».

Elle est un peu compliquée, mais elle est relativement infaillible, si on peut dire cela dans les situations de ce genre. «Si un homme est sur le point d'éjaculer, il peut habituellement s'arrêter par une pression du pouce contre le frein, ces deux petites nervures sensibles à l'endroit où le dessous du gland rejoint le corps du pénis. Vous avez besoin de placer un ou deux doigts sur le dessus du pénis comme point d'appui, mais tout ce que vous avez à faire est de presser légèrement, pas trop fort. Quelques secondes suffisent.

«Vous pouvez le faire vous-même, ou montrer à votre partenaire comment le faire. Naturellement, si c'est votre partenaire qui le fait, vous devez lui dire à quel moment appliquer la pression ou comment percevoir avec ses doigts les spasmes qui indiquent la proximité d'un orgasme. Évitez une étreinte sexuelle au début, demandez-lui de vous stimuler oralement ou manuellement. Après qu'elle a appris à bien faire ses pressions, elle peut s'asseoir sur vous et insérer votre pénis dans son vagin, ses doigts s'agrippant à la base de votre pénis.

«La première étape se limite à la pénétration, sans véritable relation sexuelle. Laissez-lui contrôler le mouvement de va-et-vient, de manière à vous épargner toute responsabilité. Il faut éviter les positions où l'homme est au-dessus. Lorsque vous êtes sur le point d'éjaculer, *elle* devra retirer votre pénis et y appliquer une pression. Avec une certaine pratique, vous pourrez maintenir une érection beaucoup plus longtemps sans éjaculer.»

Certains hommes ont des problèmes sexuels qui sont de nature physiologique. Ils ont *toujours* de la difficulté à avoir une érection. Toute personne qui souffre d'un problème sexuel persistant devrait vérifier la possibilité que ce problème prenne sa source dans son corps et non dans son esprit. Le diabète, les maladies endocriniennes, les lésions du système nerveux central, le manque de sang artériel et l'abus de drogues sont autant de causes isolées de l'impuissance.

Il est toutefois bon de rappeler que la proportion des problèmes sexuels qui ont une origine uniquement corporelle reste très faible. Pour chaque homme qui souffre d'un problème physiologique entraînant l'impuissance ou l'éjaculation précoce, il y en a des centaines dont l'impuissance occasionnelle ou l'éjaculation précoce s'expliquent par des raisons psychologiques; trop de problèmes au bureau, abus de boisson, trop grande anxiété concernant leur performance sexuelle. La liste des causes serait aussi longue que la liste des victimes.

Les problèmes sexuels sérieux et persistants, même ceux de nature psychologique, requièrent l'intervention d'un spécialiste.

# XIV

# Entretenir la flamme

Il n'y a pas très longtemps, mon amie Suzanne a fait un autre voyage à New York. Lorsque je l'ai rencontrée à l'aéroport, sa beauté m'a émerveillé. Même parmi la foule, je pouvais voir le pétillement, la vivacité dans ses grands yeux. J'ai soudainement eu l'impression que nous allions devenir amants.

Entrant dans New York en voiture, je lui dis que mon livre était pratiquement complété mais que j'avais de la difficulté avec la fin. Pour une raison que je saisissais mal, il me paraissait incomplet, il y manquait quelque chose d'essentiel. Elle m'offrit de venir à mon appartement et d'y jeter un coup d'œil.

Nous avons enlevé nos manteaux, j'ai servi deux verres de brandy et elle m'a suivi à mon bureau. Celui-ci était couvert de pelotes de papier froissé.

«Qu'est-ce que tu essais de dire?» me demanda-t-elle.

Après une minute de réflexion, je répondis:

— J'essaie d'exprimer une partie du mystère qui s'installe lorsque deux personnes s'aiment. Tu sais bien, cette joie intense et sereine que l'on ressent après avoir fait l'amour. Je crois que pour beaucoup de gens, l'expérience sexuelle équivaut à une expérience spirituelle, peut-être la seule qu'ils auront jamais.

— Hmmmmm, murmura Suzanne en fouillant dans la pile de livres sur la sexualité que j'avais accumulés pour ma recherche, que veux-tu dire exactement?

— Bien, répondis-je, lorsqu'un homme touche une femme qu'il aime, je crois qu'il s'établit un lien qui est bien plus que physique. C'est comme si ses doigts prenaient racine dans le corps de la femme. Il s'établit une communication immédiate. C'est comme une énergie qui passe de lui en elle, et qui donne à chaque mouvement, à chaque sensation, à chaque plaisir, une dimension supplémentaire.

«Je crois que c'est ce que toute femme recherche. Ce petit quelque chose est ce qui transforme la sexualité en amour, et les hommes en amants.

«Je crois aussi que chaque homme est capable de transmettre ce petit quelque chose à la femme qu'il aime, qu'il est capable de lui faire sentir qu'elle est partie de lui et qu'il est partie d'elle. Point n'est besoin de talents particuliers. Il suffit d'avoir le courage de prendre des risques émotifs, de s'ouvrir à l'extase de deux personnes qui se fondent en une seule.

«S'il concentre toute son attention et son affection sur elle, le contact de leurs deux corps sera chargé d'électricité sensuelle. Ils partageront la plus rare des intimités. Si elle répond de la même manière, leurs deux corps vont se fusionner par les points qui se touchent et par les yeux. Tous les deux seront unis dans cette union parfaite, mystique, quasi spirituelle, qui est l'essence d'une étreinte charnelle.

— Je crois savoir où tu veux en venir, me dit-elle doucement. J'ai tout à fait ce qu'il te faut. Pourquoi ne pas citer

D.H. Lawrence? Je sais que tu as son livre *Love* parce que je te l'ai déjà emprunté. Laisse-moi t'en montrer un passage. Où sont tes romans?»

Je l'amenai près de ma bibliothèque et après quelques minutes de recherches, je tirai le volume de sa place. Elle s'assit près de moi sur le divan et lut quelque peu. Finalement, elle se tourna vers moi et plaça sa main sur mon bras en disant: «Le voici, c'est mon passage favori:

*Ses mains suivirent la ligne de ses reins et de l'arrière de ses cuisses. Elle ressentit, venant de lui, une chaleur intense qui mystérieusement l'imprégnait. Elle avait tiré de son contact un mystérieux courant de passion qui entrait en elle. Il s'était établi entre eux deux un nouveau circuit très riche, un courant d'énergie électrique passionnelle qui prenait sa source dans les pôles obscurs de leurs corps et faisait un circuit parfait. Le feu mystérieux de l'électricité avait surgi de lui vers elle et les avait enveloppés tous les deux d'une paix profonde, de satisfaction.*

*«Mon amour», murmura-t-elle, levant son visage vers lui, ouvrant ses yeux et sa bouche, transportée.*

*«Mon amour», répondit-il, s'inclinant pour l'embrasser, toujours l'embrasser.*

# Table des matières

# Au catalogue Marabout
## (Livre de Poche)

## Santé – Forme – Sexualité

- *40 ans pour longtemps*, M. Bulher et J. Rousselet-Blanc, n° 2883
- *130 desserts pour diabétiques*, C. Fouquet et C. Pinson, n° 2910
- *130 recettes anti-cholestérol*, L. Cariel, D. Chauvois, C. Gouesmel, n° 2890
- *130 recettes bien-être*, L. Cariel, D. Chauvois, n° 2891
- *130 recettes minceur*, T. Ellul-Ferrari, n° 2841
- *130 recettes pour diabétiques*, C. Fouquet et C. Pinson, n° 2871
- *130 recettes sans sel*, C. Gouesmel, C. Pinson, n° 2914
- *177 façons d'emmener une femme au septième ciel*, M. Saint-Loup, n° 2783
- *203 façons de rendre fou un homme au lit*, J. Saint-Ange, n° 2771
- *208 nouvelles façons de rendre un homme fou de désir*, M. Saint-Loup, n° 2834
- *302 techniques avancées pour rendre fou un homme*, J. Saint-Ange, n° 2898
- *365 jours de sexe*, L. L. Paget, n° 2911
- *Alimentation anti-oxydante (L')*, Dr S. Rafal, n° 2840
- *Alternative aux antibiotiques (L')*, Dr G. Pacaud, n° 2905
- *Art de faire l'amour à un homme (L')*, L. L. Paget, n° 2874
- *Art de faire l'amour à une femme (L')*, L. L. Paget, n° 2875
- *Best Sex*, T. Cox, n° 2880
- *Bien nourrir sa peau*, Dr N. Pomarède, n° 2897
- *Cerveau en pleine forme (Un)*, A. Dufour, n° 2878
- *Comment faire l'amour à un homme*, A. Penney, n° 2737
- *Comment faire l'amour à une femme*, M. Morgenstern, n° 2738

- *Comment gérer son stress*, V. Pieffer, n° 2808
- *Découvrir le Feng Shui*, S. Brown, n° 2802
- *Décrochez !*, Dr S. Angel, n° 2893
- *Détox anti-âge*, Dr D. Lamboley, n° 2909
- *Et si c'était la thyroïde ?*, Dr P. Nys, n° 2903
- *Feng Shui santé (Le)*, R. Saint-Arnauld, n° 2856
- *Fini les rhumatismes !*, Dr J.-L. Dervaux, n° 2900
- *Guide des fleurs du Dr Bach (Le)*, P. Ferris, n° 2835
- *Guide des pierres de soins (Le)*, R. Boschiero, n° 2831
- *Guide du Feng Shui (Le)*, R. Saint-Arnauld, n° 2817
- *Guide pratique antidouleur*, Dr S. Rafal, n° 2917
- *Hanches et fesses parfaites en 10 minutes par jour*, L. Raisin, n° 2768
- *Je soigne mon enfant par l'homéopathie*, Dr G. Pacaud, n° 2861
- *Livre de bord de la future maman*, Dr M.-C. Delahaye, n° 2717
- *Maigrir avec les hautes calories*, M. Leconte, n° 2700
- *Maigrir selon son profil hormonal*, Dr P. Nys, n° 2865
- *Mémoire du corps (La)*, P. Hammond, n° 2901
- *Ménopause au naturel (La)*, Dr S. Rafal, n° 2868
- *Mes petites magies*, M. Laforêt, n° 2864
- *Mes secrets de pharmacienne*, D. Festy, n° 2862
- *Migraines et maux de tête*, Dr J.-L. Dervaux, n° 2882
- *Mince… je fonds et ça dure !*, Drs D. Arsac, M. Gourmelon et C. Paturel, n° 2915
- *Nouveaux Remèdes naturels (Les)*, J.-M. Pelt, n° 2869
- *Orgasme sans tabou (L')*, L. L. Paget, n° 2885
- *Pour en finir avec le tabac*, Dr J.-L. Dervaux, n° 2847

- *Pratique du massage chinois*, Dr Y.-W. Chen, n° 2907
- *Régime anti-âge (Le)*, Dr R. C. Atkins, n° 2884
- *Régime brûle-graisses (Le)*, C. Pinson, n° 2867
- *Régime soupe (Le)*, C. Pinson, n° 2829
- *Régime zen (Le)*, C. Pinson, n° 2908
- *Remèdes de santé d'Hildegarde de Bingen (Les)*, P. Ferris, n° 2859
- *Se soigner par l'homéopathie*, Dr G. Pacaud, n° 2727
- *Secrets du régime crétois (Les)*, Dr J.-P. Willem, n° 2827
- *Sex toys, faites-vous plaisir*, C. Foch et A. Helary, n° 2916
- *Sophrologie facile (La)*, Dr Y. Davrou, n° 2794
- *Soyez sûr de votre haleine*, Drs M. Cymes et M. Davarpanah, n° 2902
- *Toujours jeune grâce aux compléments alimentaires*, A. Dufour, n° 2866
- *Trucs et astuces de beauté*, S. Lacoste, n° 2839
- *Trucs et astuces de santé*, S. Lacoste, n° 2838
- *Ventre plat en 10 minutes par jour (Un)*, L. Raisin, n° 2767
- *Yoga anti-stress*, I. Townsend, n° 2766
- *Yoga de Davina (Le)*, D. Delor, n° 2918

## Enfants – Éducation

- *100 trucs que je déteste sur la grossesse*, K. Konopicky, n° 3213
- *150 façons d'être une supermaman*, S. Dazzo, n° 3214
- *10 000 prénoms du monde entier*, P. Raguin, n° 3139
- *Adolescents, la crise nécessaire*, Dr S. Clerget, n° 3189
- *A.D.O.S.*, A. Schapiro-Niel, n° 3187
- *Ados, comment les motiver*, V. Acker, n° 3162
- *Aimer sans tout permettre*, Dr F. Dodson, n° 3101
- *Au cœur des émotions de l'enfant*, I. Filliozat, n° 3171
- *Aux petits maux les bons remèdes*, Dr G. Pacaud, n° 3209
- *Bébé calme*, C. Deacon, n° 3204
- *Bébé, dis-moi qui tu es*, Dr P. Grandsenne, n° 3160
- *Bébé, raconte-moi tes premières fois*, Dr P. Grandsenne, n° 3195
- *Bébé trucs*, C. Pellé-Douël, n° 3179
- *Ce dont chaque enfant a besoin*, Dr T. B. Brazelton, n° 3182
- *Cent histoires du soir*, S. Carquain, n° 3175
- *Destination maman*, A. Schapiro-Niel, n° 3197
- *Devenir père*, Pr. R. Frydman et C. Schilte, n° 3218
- *Écouter et soigner son enfant*, Dr M. Sznajder, n° 3206
- *Élever un garçon*, S. Biddulph, n° 3180
- *Élever une fille*, G. Preuschoff, n° 3211
- *Enceinte à Paris et en région parisienne*, V. Lamour, n° 3207
- *Enfants trucs*, C. Pellé-Douël n° 3179
- *Guide du jeune papa*, M. Micucci, n° 3186

- *Itinéraire d'un nouveau-né*, Dr E. Antier, n° 3163
- *Kilos ados*, M. Belouze et Dr A. Cocaul, n° 3203
- *Mon bébé comprend tout*, Dr A. Solter, n° 3156
- *Mon enfant a confiance en lui*, A. Bacus, n° 3192
- *Mon enfant s'entend bien avec les autres*, J. Cooper, n° 3217
- *Nounous ou crèches, que choisir ?*, Dr S. Angel, n° 3210
- *Objectif : sage comme une image !*, S. Baveystock et Dr T. Byron, n° 3215
- *Où accoucher en France*, V. Lamour, n° 3208
- *Parents efficaces*, Dr T. Gordon, n° 3102
- *Parents efficaces au quotidien*, Dr T. Gordon, n° 3138
- *Père et son enfant (Le)*, Dr F. Dodson, n° 3100
- *Prénoms et origines*, F. Le Bras, n° 3188
- *Pourquoi les aînés veulent diriger le monde et les benjamins le changer*, M. Grose, n° 3205
- *Recettes pour bébé*, Dr H. Bouchet et B. Vié, n° 3127
- *Se faire obéir sans crier*, B. Unell, n° 3169
- *Secret des enfants heureux (Le)* (vol. 1), S. Biddulph, n° 3181
- *Secret des enfants heureux (Le)* (vol. 2), S. Biddulph, n° 3184
- *Sexo ados*, Dr C. Solano, n° 3202
- *Sommeil de votre enfant (Le)*, A. Bacus, n° 3196
- *Tout se joue avant 6 ans*, Dr F. Dodson, n° 3115
- *Toutes les questions au pédiatre*, Dr M. Galland, n° 3173
- *Votre bébé de 1 jour à 1 an*, A. Bacus, n° 3120
- *Votre enfant de 1 à 3 ans*, A. Bacus, n° 3121
- *Votre enfant de 3 à 6 ans*, A. Bacus, n° 3122

## Psychologie

- *150 tests d'intelligence*, J. E. Klausnitzer, n° 3529
- *Amour sans condition (L')*, L. L. Hay, n° 3662
- *Analyse transactionnelle (L')*, R. de Lassus, n° 3516
- *Apprivoiser le deuil*, M. Ireland, n° 3677
- *Art de la simplicité (L')*, D. Loreau, n° 3720
- *Au secours ! Je vis avec un(e) narcissique*, S. Carter et J. Sokol, n° 3721
- *Boostez votre cerveau*, G. Azzopardi, n° 3710
- *Ce que veulent les hommes*, B. Gerstman, C. Pizzo et R. Seldes, n° 3672
- *Ces amours qui nous font mal*, P. Delahaie, n° 3706
- *Ces gens qui vous empoisonnent l'existence*, L. Glas, n° 3597
- *Cette famille qui vit en nous*, C. Rialland, n° 3636
- *Changez de vie en 7 jours*, P. McKenna, n° 3719
- *Cinq Entretiens avec le Dalaï-Lama*, Sa Sainteté le Dalaï-Lama, n° 3650
- *Comment être boss… sans être garce*, C. Friedman et K. Yorio, n° 1959
- *Communication efficace par la PNL (La)*, R. de Lassus, n° 3510
- *Convaincre en moins de 2 minutes*, N. Boothman, n° 1958
- *Dictionnaire des rêves*, L. Uyttenhove, n° 3542
- *Efficace et épanoui par la PNL*, R. de Lassus, n° 3563
- *Ennéagramme (L')*, R. de Lassus, n° 3568
- *Force est en vous (La)*, L. L. Hay, n° 3647

- *Gestalt, l'art du contact (La)*, S. Ginger, n° 3554
- *Hommes, les femmes, etc. (Les)*, E. Willer, n° 3679
- *Intelligence du cœur (L')*, I. Filliozat, n° 3580
- *Interprétation des rêves (L')*, P. Daco, n° 3501
- *Je t'en veux, je t'aime*, I. Filliozat, n° 3699
- *Langage des gestes (Le)*, D. Morris, n° 3590
- *Méditer au quotidien*, H. Gunaratana, n° 3644
- *Mesurez votre Q.I.*, G. Azzopardi, n° 3527
- *Méthode Coué (La)*, E. Coué, n° 3514
- *Notre capital chance*, Dr R. Wiseman, n° 3691
- *On gère sa vie, on ne la subit pas*, P. McGraw, n° 3704
- *Oser être soi-même*, R. de Lassus, n° 3603
- *Osez briser la glace*, S. Jeffers, n° 3673
- *Osez le grand amour*, S. Jeffers, n° 3716
- *Parents toxiques*, Dr S. Forward, n° 3678
- *Pères d'aujourd'hui, filles de demain*, V. Colin-Simard, n° 3693
- *Petit Livre de sagesse du Dalaï-Lama (Le)*, B. Baudouin, n° 3702
- *Plénitude de l'instant (La)*, T. Nhat Hanh, n° 3655
- *Pourquoi les femmes se prennent la tête ?*, S. Nolen-Hoeksema, n° 3722
- *Pouvoir de la bonté (Le)*, Sa Sainteté le Dalaï-Lama, n° 3703
- *Prodigieuses Victoires de la psychologie (Les)*, P. Daco, n° 3504
- *Psy de poche (Le)*, S. Mc Mahon, n° 3551
- *Puissance de la pensée positive (La)*, N. V. Peale, n° 3607

- *Quand les enfants partent*, A. Schapiro-Niel, n° 3707
- *Que se passe-t-il en moi ?*, I. Filliozat, n° 3671
- *Réussir le nouveaux tests de Q.I.*, G. Azzopardi, n° 3714
- *Rupture : petit guide de survie*, D. Hirsh, n° 3689
- *Sexe des larmes (Le)*, Dr P. Lemoine, n° 3688
- *Thérapie du bonheur (La)*, Dr É. Jalenques, n° 3682
- *Tout ce que les hommes ignorent et que les femmes n'avoueront jamais*, D. McKinlay, n° 3708
- *Tout se joue en moins de 2 minutes*, N. Boothman, n° 3675
- *Transformez votre vie*, L. L. Hay, n° 3633
- *Tremblez mais osez !*, S. Jeffers, n° 3669
- *Triomphes de la psychanalyse (Les)*, P. Daco, n° 3505
- *Vie à bras-le-corps (La)*, S. Jeffers, n° 3690

## Vie quotidienne – Vie professionnelle

- *50 modèles de lettres pour trouver un emploi*, F. Le Bras, n° 1911
- *100 idées pour animer un mariage*, P. Lecarme, n° 1563
- *200 modèles de lettres*, P. Maury, n° 1510
- *350 pistes pour trouver un emploi*, F. Le Bras, n° 1953
- *Animer un anniversaire*, P. Lecarme, n° 1569
- *Bon anniversaire de 1 à 100 ans*, B. Beyern, n° 1575
- *Comment rester sain d'esprit lorsque le travail vous rend fou*, P. Hellman, n° 1956
- *Commerce équitable (Le)*, K. Pouliquen, n° 1568
- *Comptabilité facile (La)*, L. Batsch, n° 1918
- *Correspondance (La)*, G. d'Assailly, n° 1501
- *Courrier facile (Le)*, C. Ovtcharenko, n° 1505
- *Entretien d'embauche (L')*, F. Le Bras, n° 1940
- *Être bénévole aujourd'hui*, P. Dreyer et M. Perenne, n° 1578
- *Généalogie facile (La)*, J.-L. Beaucarnot, n° 1512
- *Guide de l'organisation du mariage (Le)*, N. Terrail, n° 1513
- *Je veux retravailler*, F. Le Bras, n° 1955
- *Lettre de motivation (La)*, F. Le Bras, n° 1938
- *Mieux se connaître pour réussir*, G. Azzopardi, n° 1954
- *Nouveaux Tests de recrutement (Les)*, G. Azzopardi, n° 1957
- *Pas une minute à perdre, je suis à la retraite*, I. Morel d'Arleux, n° 1579
- *Recettes de bonne femme (Les)*, J. et V. Rousselet-Blanc, n° 1576
- *Sauvez cette planète ! Mode d'emploi*, D. Glocheux, n° 1577
- *Se marier autrement*, F. Servan-Schreiber, n° 1572

• *Se remettre à l'anglais en 10 minutes par jour*, A. et G. Mukerjee, n° 1565
• *Trois jours avec les mômes*, P. Lecarme, n° 1573
• *Trucs de Papytruc (Les)*, J. Bujardet, n° 1570

IMPRIMÉ EN ESPAGNE PAR LIBERDÚPLEX

pour le compte des
Nouvelles Éditions Marabout
D.L. novembre 2007
ISBN : 978-2-501-05243-6
40.9021.3/02